예옥 제7소설

무한복제기계

남한 지음

⦿ 예옥 제7소설

남한 지음

무한복제
기계

예옥

오래 매달려 온 작품

첫 작품집을 낸 뒤 10여 년을 이 작품에 매달려 있었다. 후회나 안타까움은 없다. 글을 써나가며 바람이 있었다. 『1984』라는 높은 봉우리와 『멋진 신세계』라는 연봉이 있는 거대한 산줄기에 도달하고픈 꿈이었다. 너무나도 우뚝 솟아있는 그들 봉우리와 비교할 때면. 내 글의 보잘것없음이 시도 때도 없이 나를 괴롭혔다.

그럼에도 도달하고픈 비교 대상이 있다는 사실만큼은 글의 완성도를 높이는데 도움이 된 것이 분명했다.

'빅 브라더'라는 고유명사가 조지 오웰과 떼려야 뗄 수 없이 엮여 있고, '멋진 신세계'가 올더스 헉슬리와 하나이듯, '무한복제기계'라는 엉성한 기계가 남한이라는 존재와 하나 될 날이 오지 않을까?

이것은 허망하기 짝이 없는 바람인 것 같다.

제1부

노동의 종말

1

쾌속정이 섬으로 다가갈 무렵 하늘에는 먹구름이 낮게 흐르고 있었다. 금방이라도 비를 뿌릴 것 같은 대기에는 찌릿찌릿한 전류의 기운이 느껴졌다. 내 가슴에는 검찰에서 발부한 소환장이 들어 있었다. 오는 목요일 아침에 검찰청에 출두하라는 문서였다. 소환장은 밤새 나를 무겁게 짓눌렀고, 나는 거의 잠을 이루지 못한 채 섬으로 향하고 있었다.

새벽녘에는 묘한 의심이 스쳤다. 그것은 지난 10년 동안 단 한 번도 상상해본 적 없던 그림이었다. 사실이 아닐 것이라고 여기며 눈을 붙여보려 애썼지만 잠을 이룰 수 없었다. 소환장이 촉발시킨 불면의 밤은 내 신경을 곤두서게 했으며, 내 영혼을 틀어쥔 채 밤새도록 압박해 와서, 쾌속정이 방파제를 통과하는 이 순간에도 내 의심은 병적으로 깊어지고 있었다.

부두에는 제복 차림의 보안요원이 대기하고 있었다. 그는 밧줄을 잡아당겨 배를 부두에 정박시켰다. 권투선수처럼 코가 납작한 사내였는데 가벼운 눈인사로 나를 맞이했다. 나를 보며 싱긋이 미소를 짓는 보안요원의 입가에 야릇한 무언가가 어려 있었다. 불쾌한 느낌이 스쳤다. 그 요원의 입가에 어린 것은 보통의 미소가 아니라, 이유를 알 수 없는 비웃음 같았기 때문이다. 30년 넘도록 수많은 사람을 상대해온 나로서는 상대의 눈빛이나 입술 모양만으로 그에 실린 감정을 알아챌 수 있었다.

방금 지나쳐간 보안요원의 입가에는 분명 무언가를 비웃는 기색이 어려 있었다. 새벽녘에 품었던 의심이 다시 떠올랐다. 모두가 한통속이라면 그럴 수 있다지만, 저런 말단 직원까지 나를 비웃는다는 것이 말이 되는가? 아니 이건 내가 잠을 못 이루어 지나치게 병적이 된 탓 아닐까? 머릿속이 끓는 솥단지처럼 뒤죽박죽이 된 느낌이었다. 나는 착잡한 기분을 억누르며 콘크리트 보도를 걸어갔다.

손 교수가 부두의 입구에서 나를 기다리고 있었다. 검은 뿔테 안경을 쓴 손 교수. 안경테 너머로 보이는 눈은 접시처럼 커다랗고 생기라곤 전혀 느껴지지 않아, 마치 생선 눈알을 달고 있는 것 같은 그가 미라처럼 둔한 움직임으로 내게 손을 내밀었다. 나는 그의 손끝을 살짝 쥐며 가벼운 인사말을 던졌을 뿐이다. 그 순간 살랑대는 애완 강아지 같은 민 박사가 웃음을 흘리며 내게 다가왔다. 여행은 무사하셨느냐고 묻더니, 오메가는 잘 되어가고 있다고 덧붙였다. 오메가는 잘 되어가고 있다……. 이것은 분명 거짓이다. 이 섬은 모든 것이 거짓투성이니까. 끊임없이 반복되는 실험. 실험 때마다 버려지는 부품. 새로 구입해야 하는 기계의 막대한 비용. 거짓에 이어 또 다른 거짓이 숨 막히도록 나를 짓눌렀고, 그 엄청난 무게 아래 속수무책으로 깔린 것이 바로 나였다.

채 교수는 어디에 있느냐고 물었다. 손 교수는 흐리멍덩한 눈동자로 나를 바라볼 뿐이었다. 민 박사가 나서서, 채 교수는 중앙동의 실험실 안에서 오메가의 마무리 작업을 하고 있다고 대답했다.

오메가의 마무리? 또 마무리?

손 교수와 민 박사가 나를 불쾌하게 하기는 마찬가지였지만, 가장 기분 나쁜 인간은 바로 채 교수였다. 오늘 새벽에 떠오른 생각은 섬에서 나 혼자를 따돌린 놀라운 음모가 진행되고 있으리라는 의심이었다. 그것은 손 교수와 민 박사는 물론 이 섬의 보안요원까지 얽혀 있는 거대한 규모의 음모였고, 그 정점에 바로 채 교수가 서 있었다. 그러니까 10년 전, 내가 물체복제의 문제로 고민하고 있다는 사실을 알아챈 것은 바로 채 교수였다. 그 어떤 정교한 함정을 설치하여 나에게 접근해온 것도 채 교수였으며, 나의 민감한 부분을 건드려 덫에 빠뜨린 것도 바로 채 교수였다. 그 덫에 걸린 나는 이 사업에 20억 달러 가까운 거금을 쏟았지만, 오늘도 변함없이 반복되는 실패만을 목격하러 가는 중이었다.

내 20억 달러는 어디로 갔을까? 바다에 빠졌을까? 쓰레기장에 파묻혔을까? 아니면…… 나는 이 자들을 만나지 말았어야 한다…….

보고서가 올라온 것은 10년 전의 일이었다. 세 사람의 알려지지 않은 과학자가 나를 만나고 싶어 한다고 했다. 기업에 엄청난 이윤을 가져다줄 놀라운 사업이라며, CEO와의 비밀 모임을 요청하고 있었다. 보고서를 살펴보니 그들이 만들겠다는 것은 물체를 복제하는 기계였다. 그런데 그 기계는 물체의 겉모습을 복제하는 수준을 뛰어넘어 물체의 분자구조까지 떠내는 놀라운 능력을 가졌다고 했다.

그 무렵 우리의 경쟁사가 '아르파'라는 이름의 물체복제 기계를 내놓았다. 아르파는 물체의 외형과 함께 내부 복제까지 시도하고 있었는데, 비록 그 수준은 그리 대단하지 않았지만, 내 머리에는 위기를 감지하는 신호가 빨갛게 켜져 있었다.

자동차나 컴퓨터처럼 위대한 발명품도 시작 단계에서는 터빈이나 진공관처럼 단순한 부품으로부터 출발하지 않던가. 오직 하나의 제품만이 시장을 석권하는 비즈니스 세계의 속성을 감안하면, 머지않아 경쟁사의 신제품이 가전 시장이나 생명공학 시장을 휩쓸지도 몰랐다. 나는 위기감에 잔뜩 짓눌려 있었고, 그런 만큼 그 제안은 나를 순식간에 매료시켰다.

세 사람은 모두 40대 초반의 학자들이었다. 손 교수는 인공지능을 담당하고 있었다. 민 박사는 복제 대상을 스캔하는 과정을 담당하고 있었다. 채 교수는 입자가속기를 담당하고 있었다.

그들이 모임 장소에 들어섰을 때 그들 가운데 누가 리더인지는 한눈에 알아챌 수 있었다. 단단한 체구에 잘 가다듬어진 구레나룻을 기른 채 교수는 손동작이 활달하고 목소리가 매력적이었다. 또, 마치 아라비안나이트에 등장하는 떠버리 장사꾼처럼 달변이었다. 그는 사람의 시선을 사로잡는 능란한 기술이 있었다. 회장인 나에게 서슴지 않고 몸을 기대는가 하면, 즐거울 때나 무슨 긴밀한 이야기를 나눌 때면 내 몸에 손을 살그머니 얹기도 했다.

채 교수는 중요한 것은 보고서가 아니라고 했다. 그 어떤 설명도 아니라고 했다. 시연을 보고 나면 모든 것을 단번에 이해할 거라고 했다. 시연이라니? 무슨 시연? 나는 의아해진 나머지 물었다. 모임 장소에 들어올 때 그들은 아무런 장비도 가져오지 않았다. 다만 채 교수 혼자 조금 묵직한 느낌이 드는 가방을 들고 왔을 뿐이었다. 그것으로?

그런데, 채 교수는 자기 가방을 열더니 그 안에서 무언가를 꺼냈다. 커다란 직사각형 모양의 상자였다. 그 거무스름한 나무 박스는 커다란 필통처럼 보이기도 했고, 자그마한 관처럼도 보였다.

채 교수는 제법 진지한 표정을 짓더니 뚜껑을 열고 안에서 두 뼘 길이의 자그마한 물건을 꺼냈다. 그것은 보고서에서 보았던 오메가의 축소판 장난감 같았다.

"모형 오메가로군요."

설마 이런 장난감 모형으로 시연을 한다는 걸까. 나는 기분이 떨떠름해졌다.

"아주 공들여 만든 겁니다. 오메가의 완벽한 축소판입니다."

채 교수가 멋쩍은 미소를 지으며 변명했다. 그러고 보니 그 장난감 모형의 모습은 꽤나 정교해 보였다. 앞부분에는 가느다란 주사바늘 같은 피뢰침이 튀어나와 있었고, 동체의 뒷부분에는 로켓의 발사체를 닮은 원료주입기가 붙어 있었다. 가장 놀라운 것은 하얀 몸뚱이에 붙은 작은 모니터와 그 주변에 달린 정교한 버튼들이었다.

"이걸 만드는 데도 적지 않은 시간이 걸렸겠습니다."

나는 침착하려 애쓰며 물었다.

"그렇죠. 꼬박 1년 넘게 걸렸죠."

채 교수가 기다란 동체를 어루만지며 대답했다. 그러더니 제법 심각한 눈빛으로 나를 바라보았다.

"시연은 한 번뿐입니다. 원료주입기에 넣는 재료가 부족하거든요. 시연이 끝나면 여기엔 아무것도 남아 있지 않을 겁니다."

채 교수가 원료주입기 부분을 가리키며 말했다.

"그러니까 이건…… 오직 회장님을 위한 시연인 셈입니다."

"그래요? 이거 영광입니다."

내가 웃자 그도 따라서 웃었다. 순간, 나는 그들의 절박함을 깨달았다. 오직 나 한 사람에게 보여주려고 그들은 1년 동안이나 공들여 모형 오메가를 만든 것이다.

그 시점에서 나는 여유를 가졌어야 했다. 이토록 애절하게 매달리는 인간들이라면, 실상은 과학자를 사칭하는 사기꾼들이거나, 나를 절망의 수렁으로 몰아넣을 몽상가들에 불과할 수도 있다고 생각했어야 했다. 그러나 나는 정반대로, 이토록 내게 매달리는 과학자들에게 더 깊은 신뢰를 느끼고 말았다.

"그런데 이 작은 게…… 물체를 복제한단 말입니까?"

모형에 얼굴을 바싹 대고 아주 작은 스위치를 켜고 있는 채 교수에게 내가 물었다.

"아직은 모든 게 불완전합니다. 한번 작동시키면 원자 가속기가 빨라져서 멈추질 않거든요. 시연이 끝날 무렵이면 가속기가 타버릴 겁니다."

"뭐라고요? 기계가 탄다고요?"

먼지 한 톨 없이 정갈한 회의실의 분위기가 걱정되어 나는 놀란 표정으로 물었다.

"걱정 마시지요. 기계의 배선이 연소될 뿐이니까요. 불이 붙거나 하지는 않습니다. 자, 시작할까요?"

나는 떨떠름한 기분이었지만 그러라는 눈짓을 했다. 채 교수는 기계를 켤 듯 잠시 버튼의 여기저기를 만지작거렸다. 그러더니 곧 손을 내려놓고 말았다. 그는 자신의 구레나룻을 두어 번 쓰다듬더니 마치 사람을 떠보는 듯 야릇한 시선으로 나를 바라보았다.

"혹시 휴대폰을 가지고 계십니까?"

"그런데요? ……왜요?"

"이 위에 올려놓으시겠습니까?"

채 교수가 길게 튀어나온 피뢰침의 앞부분을 가리키며 물었다. 그곳에는 작은 물건 지지대가 붙어 있었다. 나는 조금은 당황한 미소를 지으며 진심이냐는 표정으로 채 교수를 바라보았다. 채 교수는 그렇다는 눈빛으로 고개를 끄덕였다. 내 개인 물건을 대상으로 삼는 실험은 내키지 않았다.

"내 휴대폰은 조금 비싼데요. 혹시 빔에 타기라도 하면…… 다른 걸로 하면 안 되겠습니까?"

나는 장난스런 느낌이 들도록 하여 정중한 거부의 뜻을 내비쳤다.

"물론 회장님의 휴대폰이야 소중하겠죠. ……아무리 그래도 휴대폰만큼 제격인 게 없습니다. 시연에 거짓이 섞이지 않았다는 것을 증명하기 위해서라도…… 약속드립니다. 조금의 흠집도 나지 않을 겁니다."

시연에 거짓이 없어야 한다는 채 교수의 변명은 맞는 말이었다. 나는 잠시의 망설임 끝에 휴대폰을 꺼내 지지대에 올려놓았다. 채 교수가 버튼을 눌렀다. 그러자 모형 기계에서 윙 하는 기계음이 울리기 시작했다. 기계 밑의 테이불이 미세하게 진동하더니 피뢰침의 끄트머리가 반짝였다. 그것은 사파이어처럼 영롱한 파란 빛이었다. 곧 피뢰침의 끄트머리로부터 파란 빔이 쏟아지기 시작하며 허공에서 춤을 추듯 너울거렸다. 파란 빔은 그 앞 지지대에 놓인 휴대폰을 훑었다.

"지금 스캔이 끝났습니다. 이제 복제가 이루어질 겁니다."

채 교수가 말한 순간이었다. 피뢰침 아랫부분에 달린 분출구로부터 깨알 같은 가루가 쏟아져 나오기 시작했다. 수천, 수만, 아니 수억의 작은 입자로 이루어진 가루였다. 어떤 것은 초록빛을 띠었다. 어떤 것은 반짝이는 검은 빛이었다. 가루는 자잘한 모기떼처럼 무리를 이루더니 휴대폰 옆에 놓인 쌍둥이 지지대를 향해 날아가기 시작했다.

나는 눈을 크게 뜬 채 숨을 죽였다. 지지대 위에서 가루가 엉기고 있었다. 그것은 곧 정교한 코일과 무수한 회로의 형태를 띠기 시작했다. 잠시 뒤에는 휴대폰 내부의 초록빛 기판 형태로 완성되어 갔다. 그런데 그 위에 반짝이는 까만 입자들이 엉겨 붙고 있었다. 그것은 휴대폰의 케

이스 빛깔이었다. 불과 3, 4초의 짧은 시간이었을까? 원
래의 휴대폰 옆자리에 산뜻하게 반짝이는 검은 케이스의
새 휴대폰이 나타난 것이다.

"이게…… 이게…… 어떻게 된 일입니까?"

내가 당황하여 물었다.

"회장님의 휴대폰이 복제된 겁니다."

나는 작은 구멍으로부터 분사되는 플라스틱 액체를 상
상하고 있었다. 아르파의 분사가 그런 방식이었다. 시중
에 출시된 그 어떤 물체복제 기계도 끈끈한 액체를 분사
하여 복제를 수행한다. 그런데 내 눈앞에서 벌어진 복제
는 내가 친숙했던 그 어떤 복제 장면과도 사뭇 달랐다.
마치 깨알을 빻아놓은 듯 미세한 입자가 하늘을 날아 휴
대폰의 뼈대를 이루고 살을 붙여 완성시킨 것이다.

"저게……? 저게……? 진짜 휴대폰입니까?"

내 목소리가 떨렸다.

"그렇습니다. 이건 원래의 것. 저건 복제된 것. 냄새가 나
지 않습니까? 이 기계는 수명을 다 했습니다. 자기 임무를
수행하고 장렬하게 전사한 겁니다."

그러고 보니 물건이 탈 때 나는 매캐한 냄새가 코끝을

스쳤다. 모형 오메가는 전원이 꺼져 있었다.

"믿어지지 않아. 어떻게 이런……?"

나는 극심한 충격으로 말조차 더듬거렸다.

"만져보세요."

채 교수가 웃으며 말했다. 나는 복제된 휴대폰을 집었다. 그것은 내겐 친숙한 매끄럽게 반짝이는 직사각형 물체였다. 정말 내 것과 똑같아 보였다.

"번호가 어떻게 됩니까?"

채 교수가 물었다.

"이게…… 작동도 됩니까?"

"당연하지요. 회장님의 휴대폰이 고스란히 복제된 거니까요."

나는 가까스로 휴대폰 번호를 기억해냈다. 그만큼 제정신이 아니었던 것 같다. 채 교수는 자리에서 일어나더니 테이블로부터 멀어져갔다. 그는 창 옆에 선 채 자신의 휴대폰을 꺼내 내 번호를 눌렀다. 그 순간이었다. 내 손에 들린 휴대폰과 테이블 위의 휴대폰 모두에서 수신음이 울렸다. 나는 깜짝 놀라 손에 들고 있던 휴대폰을 떨어뜨리고 말았다.

"받아보세요."

채 교수가 눈짓을 했다. 나는 완벽한 방심 상태에서 바닥에 떨어진 휴대폰을 집었다. 채 교수는 창가에 서서 휴대폰을 손으로 가리고 조그맣게 속삭였다.

"어때요? 제 목소리…… 들립니까?"

"네! 들립니다!"

"지금 휴대폰을 통해서 들리는 것 맞죠?"

"네! 네!"

나는 열성적으로 외쳤다.

"이번에는 원래의 휴대폰을 켜보세요."

원래의 휴대폰은 그 순간에도 수신음이 울리고 있었다. 나는 그것을 들어 온-오프 스위치를 눌렀다.

"그것도 들립니까?"

채 교수의 목소리가 울려왔다.

"네, 들립니다!"

채 교수는 휴대폰에 들어있는 저장 내용이 제대로 복제되었는지 확인해 보라고 했다. 나는 충격과 공포 가운데 휴대폰에 입력된 전화번호를 확인했다. 두 대의 휴대폰에는 똑같은 내용이 들어 있었다.

"한번 걸어보시죠."

채 교수가 내게 요구했다.

"네……?"

나는 얼빠진 어린아이처럼 채 교수에게 되물었다.

"아무에게나 전화를 걸어보시라고요."

그제야 나는 채 교수가 시키는 대로 복제된 휴대폰의 번호를 눌렀다. 발신음이 울렸다. 잠시 뒤 아내가 전화를 받았다.

"여보? 잘 있나? 내 목소리 들려?"

"당신이에요? 무슨 일로 이 시간에……?"

"지금 들리는 게 내 목소리 맞아?"

"그게 무슨 소리죠? 장난인가요?"

"장난이라니! 진지해! 더이상 진지할 수 없다니까!"

나는 들끓는 흥분을 억누르며 말했다.

"회사에 무슨 일이 생겼나요?"

"지금 내가 전화를 건 거 맞아, 그렇지? 당신은 지금 내 목소리 듣고 있는 거야. ……이따가 보자구!"

나는 얼떨떨해 하는 아내와의 전화를 끊었다. 복제된 휴대폰이 비현실적인 것처럼 프레젠테이션룸에 서 있는 나 자신도 비현실적이었다. 마치 사방이 모래뿐인 적막한 사막 한가운데에 서 있는 느낌이랄까. 완벽한 정적과 아득함 가운데 홀로 놓인 듯했다. 잠시 아무런 감정도 느껴지지 않았다. 마음이 텅 비어버린 것이다. 이토록 감정을 잃어버린 나 자신이 믿어지지 않았다.

잠시 뒤 텅 빈 가슴에 따스한 기운이 밀려들었다. 부산스런 소리를 내며 모래사장에 밀려드는 밀물처럼 따스한 기운이었는데, 그것은 내 앞에 놓인 모형 오메가를 향한 사랑의 감정이었다. 그 느낌은 점차 강렬해졌다. 모형 오메가를 크게 키운 로켓의 형태로 갖고 싶었다. 간절하게 갖고 싶었다. 그 순간만큼 갑작스레 사랑에 빠졌던 적이 없다. 미래의 성공적인 사업 파트너로 예정된 세 사람과 사랑에 빠져버린 것이다.

나는 그들 하나하나와 뜨거운 포옹을 하고, 그것으로도 모자라서 일일이 손을 잡고 어루만졌다.

세 사람이 떠나버린 직후 나는 테이블 위에 놓여 있던 휴대폰이 달라진 것을 깨달았다. 단단하고 매끄러웠던 원래의 기계가 빛을 잃더니 형태가 변하기 시작한 것이다.

놀랍게도 그 물체는 전화를 걸거나 받는 일은 고사하고, 손으로 들거나 움켜쥘 수도 없는, 끈적끈적한 액체 상태로 바뀌어 테이블에 엉겨 있었다.

어쩌면 그 시점이 세 사람과의 계약을 다시 생각했어야 할 순간인지 모른다. 세 사람이 치밀한 눈속임을 섞은 사기꾼이거나, 내가 무슨 최면에 빠져 끈끈한 물체를 휴대폰이라고 착각했거나, 둘 중의 하나였다. 그도 아니면, 완벽한 환각의 상태에서 아내와 통화까지 했다고 착각한 것인지도 몰랐다.

그러나 내게는 사흘의 시간이 주어져 있었다. 그 시간 내내 수많은 생각을 했다. 녹아버린 복제 휴대폰 생각도 해보았다. 그보다는 테이블 위를 날아가던 초록빛 검은빛 반짝이는 가루의 영상이며, 가루가 엉기어 만들어낸 휴대폰의 기판과, 배선, 칩들의 영상에 매료되어 있었다. 아니, 정말이지 꿈만 같았던 짧은 통화의 순간에 흠뻑 취해 있었다.

사흘 뒤 세 사람을 다시 만났다. 30퍼센트의 지분을 약속하고, 4년 동안 2억 달러의 거액을 쏟는 사업을 계약한 것이다. 회사의 누구와도 상의하지 않았다. 회사의 자금을 갹출하거나 펀딩을 해 볼 생각은 아예 하지 않았다. 순전히 내 개인의 자금으로 프로젝트를 운영할 경우 그 수익이 엄청날 것이라고 직감한 것이다.

태평양의 한가운데 비밀스러운 섬을 하나 구입했다. 섬의 양편으로는 야자나무 숲과 모래사장이 길게 뻗어 있고, 중앙에는 넓은 고원이 자리 잡고 있었다. 첨단 문명화가 섬의 중앙으로부터 시작되었다. 석회질 고원에 터를 닦았다. 세 채의 거대한 연구동을 지은 뒤 각종 실험기자재를 들여왔다. 건물 주변에는 높다란 펜스를 설치했으며 펜스 바깥쪽으로는 헬스장, 라켓볼 장, 수영장과 레스토랑, 커피하우스 같은 편의시설을 지었다.

외지인이 항구에 도착하여 느낄 첫인상이란 이국적인 아름다움일 것이다. 푸른 하늘을 향해 야자수가 뻗어 있는 백사장이 한눈에 들어온다. 석회암 고원의 주변에는 연한 색조의 채양이 드리워진 칵테일 바와 레스토랑이 늘어서 있다. 소금기를 품은 짠 냄새와 햇빛을 받아 반짝이는 녹색 밭, 깨끗하게 관리된 넓은 수영장은 화사한 휴양지의 느낌마저 풍긴다. 만사를 잊은 채 하얀 채양 아래 앉아 와인이라도 들이키고 싶은 분위기다. 이 편안한 시설이 조성된 이유는 오직 세 사람의 파트너에게 안락한 연구 분위기를 제공하기 위해서였으니, 그들은 나를 속여서는 안 되었다…….

연구단지로 진입하는 도로의 초입에 곰처럼 거대한 몸집을 한 추 팀장이 뛰어나왔다. 무술 고단자에 사격술의 대가인 그는 섬의 보안 책임자였다.

어서 오십시오, 회장님, 그가 부랴부랴 다가오더니 내 머리 위에 커다란 우산을 펼쳐주었다. 본사는 모두 무고하시지요? 나를 빤히 바라보는 그의 눈빛에 묘한 기운이 어렸다. 그것은 부두에서 나를 맞던 하급 요원의 입가에 어렸던 비웃음과도 비슷한, 나를 만만하게 여기거나 하찮게 여기는 듯한 나쁜 눈빛이었다.

이건 무언가? 내 직속 팀장이 나를 비웃어? 불끈, 분노가 솟구쳤다. 그러나 다른 한편으로는 내가 과도하게 예민해진 것이라는 생각이 스쳤다. 그 느낌은 가슴을 짓누르는 소환장의 압박과 긴 불면의 밤이 안긴 피로탓일 수도 있었다.

내가 무거운 발걸음을 옮기자 추 팀장이 우산을 받쳐

든 채 내 뒤를 따라왔다. 비는 오지 않는데? 내가 뒤를 돌아보며 말하자, 그는, 그런가요? 하며 우산을 접더니, 날씨가 꼭 미친 것 같지 않습니까, 하고 내뱉는 게 아닌가.

미친 것 같다니! 이놈이 진짜 미쳤나! 내 눈썹에 힘이 들어갔다. 추 팀장은 자신의 심한 말을 내뱉은 것을 후회하는 듯 금방 이빨을 드러낸 채 웃고 있었다.

이상했다. 섬의 분위기가 죄다 이상했다. 실상 내가 추 팀장에게 걸었던 기대는 평범한 보안팀장 이상의 역할이었다. 그는 명목상 섬의 안전을 책임지는 자였지만, 그가 감시하는 것은 기술 유출이었다. 애당초 섬은 철저한 출입통제가 가능했다. 태평양 한가운데 외떨어진 섬을 구입한 까닭도 모두 보안을 위해서였다. 내륙에 연구소를 차릴 경우 비밀은 손가락 틈새로 물이 새듯 빠져나갔으리라. 태평양 한가운데의 섬까지 찾아올 외부인은 거의 없었기에 보안의 90퍼센트는 달성하는 셈이었다. 나머지 10퍼센트는 물샐 틈 없는 정보 통제로 이루어나갔다. 인터넷이나 페이스북처럼 바깥세상과 정보의 그물망을 이루는 현대 사회에서는 통신을 제어하는 일만큼 중요한 것도 없었다. 섬의 연구자들이 웹에 올리는 문자나 문서자

료를 모조리 감시했고 가족들과의 통화까지 모두 감청 대상이었다.

그뿐이 아니었다. 영화 『쥐라기 공원』을 보면 공룡 복원 프로젝트가 외딴 섬에 꾸려진다. 그런데 이들 연구원 가운데 외부로부터 매수당한 이가 있어서 공룡의 유전자를 빼내 섬 바깥으로 달아난다. 이런 이기적인 인간이 서른 명에 이르는 연구원 가운데 없으라는 법이 있을까. 연구단지 내부에는 수천 대의 CCTV가 피사체를 따라 고개를 휘젓고 있었고, 수십 대의 물품검색대와 수십 대의 엑스선 투시기가 곳곳을 지켰다. 겉보기에는 아름답기만 한 해안선에도 길고 촘촘한 철망이 쳐졌다. 철망 곳곳에는 일정한 간격으로 망루가 버티고 있었고, 망루 위로부터는 적외선 탐지기를 갖춘 경비원이 삼엄한 감시를 펼치고 있었다. 이들이 지키는 것은 섬의 바깥쪽이 아니라 핵심 기술을 탈취하여 도망칠지 모르는 내부자들이었다.

연구단지를 에워싼 철망에 다가섰다. 철제 대문이 자동으로 올라가더니, 초소 내부로부터 사춘기 소년처럼 보이는 젊은 보안요원이 뛰어나와 내 앞에 차렷 자세로 섰다.

가슴께의 명함이 눈에 선명하게 들어왔다.

버드? 정말 새처럼 생겼군. 그런데 그 요원이 갑자기 내게 거수경례를 붙이는 것 아닌가. 거수경례는 섬에서 받아본 적이 없었거니와, 그의 몸동작마저도 지나치게 과장되어 있었다.

이 또한 나를 비웃는 꼴 아닌가? 도대체 무얼 비웃는 거지? 이놈들이 과연 다음 주에 있을 내 소환을 알고 있단 말인가? 나는 말 없이 무거운 발걸음을 옮겼다. 너희들이 지금 이렇게 편안하게 지내며, 내륙보다 세 배 많은 봉급을 받는 것은 다 내 돈 덕택이다. 그러나 너희들에게 지급하는 급여를 문제 삼고 싶진 않다. 편의시설 주인이나 시설관리인, 잡역부에게 지급하는 급여 또한 대수는 아니다. 진짜 문제는 다달이 요구되는 엄청난 기계의 비용일 뿐……. 거기에 그 어떤 기만이 섞인 것 같아. 엎친 데 덮친 격으로 몰아닥친 자회사의 실패까지……. 이 모든 것이 나를 감옥으로 끌어갈 것 같다.

2

　중앙동의 건물에 들어섰다. 이 건물에 들어서서 이 어두운 터널 같은 복도를 지나쳤던 일이 몇 번째던가? 이 지겨운 반복은 언제까지 지속되는 거지? 이 건물을 들어설 때마다 느껴지는 것이지만, 여기에는 무언가 엄청난 기만이 배어 있다.

　그 기만은 나를 절망의 구렁텅이로 밀어뜨리지만, 누군가에게는 엄청난 이득으로 돌아갈 수도 있다. 저 생선 눈알 같은 무관심한 눈빛을 한 손 교수? 아니면 살랑거리는 아첨으로 나를 녹이려 드는 민 박사? 아니면 실험실에 들어앉아 무언가 음모를 꾸미는 게 분명한 채 교수? 그럼에도 손과 발에 얽인 쇠줄 같은 운명의 힘은 나를 어쩔 도리 없이 실험실로 이끌고 있었다. 이 얼마나 절망적인 광시곡인가.

　실험실의 문 앞에 서자 홍채 스캐너가 눈을 훑었다. 실험실 문이 자동으로 열렸다. 그곳은 세 과학자와 CEO 이외에는 아무도 들어갈 수 없는 비밀의 장소였다.

　오메가가 시선에 들어왔다. 망가진 텔레비전만을 복제

해내는 저 불임의 기계에게는 그 어떤 애정도 베풀 수 없었다. 실험실 귀퉁이의 의자나 칠판 아래에 놓인 낡은 화분처럼 무심한 정물에 불과하다고 여기며 슬며시 지나치는 게 고통을 억누를 방법이었다.

채 교수가 시선에 들어왔다. 그는 늘 그랬듯 성큼성큼 다가오더니 내게 손을 내밀었다. 나는 그 손을 살짝 쥐었을 뿐 그를 바라보지는 않았다. 벌써 10년이다. 지난 10년 내내 회의실에서 모형 오메가로 시연했던 것보다 더 나쁜 결과만을 반복해왔다. 내부가 엉성하게 복제되어 파워조차 켜지지 않는 텔레비전. 파워는 켜지더라도 복제 직후에 녹아내리는 고철 덩어리. 자네에게 솔직한 심경으로 묻고 싶네. 양심이라는 게 있는 인간이라면 어떻게 그럴 수 있는가. 나는 한때 자네가 과학의 역사에 새로운 이정표를 찍을 최고의 발명가라고 믿었네. 그런데 지금은 과학자입네 하며, 돈을 빼돌려 어디엔가 아방궁을 차린 사기꾼이 아닐까 의심하고 있어. 작년에는 추 팀장을 동원하여 자네의 뒷조사와 은밀한 계좌추적을 의뢰해보기까지 했지. 추 팀장은 자네의 결백을 이야기했지만, 지금은 추 팀장까지 한통속이 아닐까 의심하고 있다네. 어떤가? 자네 사기꾼 아닌가? ……물론 이런 말을 실제로 내뱉은 것은 아니다. 끊임없이 내 마음에 이는 의심일 뿐 입 밖으로 튀어나오려는 것을 조용히 억누르고 있었다.

"회장님, 잘 기억하세요. 오늘이 8월 30일입니다. 어쩌면 결코 잊지 못할 날이 될지 모릅니다……."

말끝을 흐리더니 채 교수가 눈을 반짝였다. 이놈은 자신의 눈을 반짝이는 재주를 가지고 있구나. 우습기도 하고 어처구니가 없었다. 자네는 늘 풍부한 표정 변화로 나를 매료시켜왔다. 마치 연극무대 위의 배우처럼. 어떤 때에는 과장된 몸짓으로 기계에서 뿜어질 빔의 화려함을 흉내 내기도 했고, 어떤 때에는 내게 윙크를 하며 미소를 지어 나를 유혹하나 하는 터무니없는 상상도 해보았다. 나는 첫 4년 동안, 아니 지난 10년 내내 자네의 온갖 제스처와 과장된 약속을 믿었으나, 이제는 더이상 속지 않는다. 결코 속을 수가 없다.

"자, 시연을 시작할까요?"

옛 버릇 그대로 채 교수가 수염을 가다듬어 감정을 누그러뜨렸다.

"이제 한 편의 마술쇼가 진행될 겁니다. 이곳에 모인 이들은 이 쇼를 위해 오랜 세월을 흘려보냈지요. 지난 10년이 헛되진 않았던 것 같습니다. 어이, 손 교수! 민 박사!"

채 교수가 손가락을 까닥여 지시했다. 손 교수와 민 박사가 직접 60인치 평면 텔레비전을 들고 와서는 지지대 위에 올려놓았다. 채 교수가 손가락을 까닥이자, 민 박사가 텔레비전의 파워 버튼을 눌렀다. 화면이 켜졌다. 거대한 관중석 한가운데 자동차 트랙이 뻗어 있었다. 트랙 위로 빨간 스포츠카 한 대가 비스듬히 동체를 기울이며 달리고 있었다. 회색 스포츠카와 검은 스포츠카가 앞서 달리는 빨간 스포츠카를 맹렬하게 추격하고 있고, 경기장의 관중은 형형색색의 손수건을 흔들며 이들을 열렬히 응원하였다. 채 교수가 오메가의 뒤편의 복잡한 버튼과 기계 장치가 장착된 곳으로 다가갔다.

"보십시오. 지금은 원료주입기가 붙어 있습니다. 오메가에 원료가 공급되어 복사를 시작할 겁니다."

그럼 원료를 떼고 나서도 복사를 한단 말인가? 허풍이 지나친 것 아냐? 마음이 갑자기 답답해졌다.

"다섯 대를 복사하겠습니다!"

채 교수가 손가락을 펼치며 외쳤다. 채 교수가 기판에

숫자를 쳐넣자 모니터에 5라는 숫자가 떴다. 피뢰침으로 부터 빔이 쏟아졌다. 파란 빔이 텔레비전을 훑었다. 그 순간이었다. 오메가의 분출구로부터 아주 많은 입자들이 쏟아져 나왔다. 오렌지 빛깔의 입자들. 초록빛의 입자들. 검은빛의 입자들. 그것은 지지대를 향해 무리를 지어 날아갔다……

오래전에 저 입자들의 모습에 반해서 계약서를 체결했던 기억이 떠올랐다. 지금 보니, 입자들은 한꺼번에 날아가는 모기떼나 메뚜기떼 같아 보였다. 어떻게 날아가는 곤충의 무리 같은 모습에 반해 계약서를 체결했을까? 그일을 되돌릴 수 있다면 얼마나 좋을까? 당시의 계약이 아니었더라면 목요일의 소환에 응할 필요조차 없지 않을까? 나를 짓누르고 있는 지금 횡령의 의혹……. 나를 괴롭히는 악다구니 같은 주주들…….

입자가 차츰 다른 지지대로 옮겨가고 있었다. 지지대 위에서 거대한 소용돌이를 일으키더니 곧 엉기기 시작했다. 무수한 기판과 코일, 진공관의 형상을 이루었고, 곧이어 검은 브라운관과 케이스의 형태를 띠었다. 겹겹이 이어진 다섯 대의 브라운관 화면에는 기다란 트랙의 모습이 떠오르고 있었다.

그러고 보니 이번 시연은 그동안의 시연과는 조금 달랐다. 그전에는 파워가 꺼진 텔레비전을 가지고 시연을 했다. 그런데 이번에는 화면이 켜져 있어서 생생하게 움직이는 화면 속의 장면이 고스란히 재현되고 있었다. 복제가 진행되며, 점점 형태를 갖추어가는 화면 위에는, 원본 텔레비전에서 방영되는 것과 비슷하게도, 트랙 위를 질주하는 스포츠카가 떴다. 그 사실이 나를 놀라게 했다. 내 시선은 얼떨떨함에서 놀람으로, 다시 찬탄으로 바뀌기 시작했다.

"어떻게 된 일입니까?"

내 목소리가 떨렸다.

"지금 복제하는 중이죠."

"화면이 켜진 채 하는 건 처음입니다."

"맞습니다."

"그럼 성공입니까?"

"보시는 바처럼……."

내가 손가락을 까닥여 채 교수를 제지했다. 채 교수가 말을 멈추었다.

이럴 수가……!

눈앞의 일이 꿈이나 환상이 아니라는 사실을 깨닫는 순간 탄성이 쏟아졌다. 나는 무심결에 복제된 텔레비전 쪽으로 다가갔다. 걸음을 옮기는 순간 세 사람의 과학자들은 경이와 긴장 가운데 나를 주시하고 있었다. 내 시선은 일렬로 늘어선 텔레비전에 나타난 빨간 스포츠카의 모습에 빨려들고 말았다. 다섯 대의 텔레비전 모니터에는 똑같은 다섯 대의 빨간 스포츠카가 트랙 한가운데에 서서히 멈추고 있었다. 곧이어 하얀 헬멧을 쓴 우승자가 스포츠카에서 내려섰다. 자동차 정비사와 군중이 환호하며 몰려드는 와중에, 우승자는 헬멧을 벗어서 하늘로 던졌다. 곧 그를 축하하는 샴페인이 사방에서 쏟아졌다. 나는 손가락을 내밀어 텔레비전 화면을 만져보았다. 딱딱한 촉감이 느껴졌다. 차갑고 매끄러운 모니터 표면에 빛이 반사되어 내 눈을 부시게 했다. 나는 그 빛을 고스란히 들이켰다. 걸음을 옮기며 모니터 하나하나를 쓰다듬어보았다. 이건 진짜 텔레비전이잖아! 완벽하게 작동되고 있다니! 설마 녹아내리지는 않겠지? 하는 공포와 긴장이 느껴지며 복제된 텔레비전을 감싸 안는 내 표정이 하얗게 질렸다.

"녹지 않습니다. 저쪽에 놓인 텔레비전을 보세요."

채 교수가 내 앞으로 오더니 자랑스럽게 손을 내밀었다.

"모두 어제 복제한 것들입니다."

그가 가리킨 선반에는 60인치 텔레비전이 열 대가량 나란히 진열되어 있었다. 나는 그쪽으로 다가가서 그것들을 만져보았다. 딱딱한 감촉이 느껴졌다.

"이것들도 켜집니까?"

"당연히 켜지지요. 모든 테스트를 마쳤습니다."

채 교수가 손가락으로 손짓하자 민 박사가 가까이에 있던 리모컨을 집어 파워를 켰다. 곧 텔레비전에는 우승 트로피를 손에 든 채 스포츠카에 서서 손을 흔드는 카레이서와, 이에 열정적으로 환호하는 군중들의 모습이 화면에 떴다.

"회장님의 지원이 헛된 것이 아니었습니다."

민 박사의 눈동자에 물기가 어려 있었다. 손 교수는 우리를 외면한 듯 얼굴을 돌리고 있었지만 훈훈한 미소가 입가에 흘렀다.

"지금 내가 어리석은 꿈에 빠진 것은 아니지요? 지금 눈앞의 모든 일이 사실이지요?"

"네, 사실입니다!"

채 교수와 민 박사가 동시에 대답했다.

내가 진짜 물체복제 기계를 얻었다니……. 기쁨으로 몸에 소름이 돋았다.

인생에는 거대한 반전이 일어나기도 한다. 지금이 바로 그 순간이었다. 눈에 눈물이 그렁그렁한 민 박사. 애써 나를 외면한 채 세상만사에 초연한 표정이지만 지금 마음이 떨려 침착성을 잃어버린 손 교수. 어느새 하얗게 새어버린 머리카락과 반백의 구레나룻을 쓰다듬으며 침착하려 애쓰는 채 교수. 이 셋은 오메가에만 몰두해온 고독한 연구자이자 나의 진정한 동반자였다.

"채 교수님, 정말 수고 많았어요. 무어라고 고맙다고 해야 할지……."

"아닙니다. 회장님께서 마음고생이 심했지요."

"나는 당신을 의심했습니다. 혹시 회삿돈을 빼돌리는 것은 아닐까 하고……. 이 얼마나 터무니없는 망상이었습니까."

"아닙니다, 아닙니다."

채 교수가 내 손을 어루만지며 부드럽게 웃었다.

"민 박사님, 손 교수님, 한번 안아봅시다!"

나는 양팔을 활짝 벌려 두 사람을 차례로 끌어안았다. 아, 훌륭한 연구자들……. 그러고 보니 쾌속정에서 내린 순간부터 느껴지던 보안요원들의 비웃는 표정도 실상 나를 비웃는 게 아니었다. 버드라는 청년의 과장된 경례나, 추 팀장의 실실 웃는 웃음 또한 이 사업의 성공을 전해 듣고 내 성공을 기뻐하는 표정이었다.

겉모습만으로 그들의 마음속까지 꿰뚫고 있다고 자만했다니. 나 자신의 성급함에 그만 나도 모르게 "하!" 하는 커다란 웃음을 터뜨리고 말았다. 세 과학자는 영문도 모르는 채 기뻐하며 나를 따라 웃었다.

나는 채 교수의 어깨를 어루만졌다.

"당신들은 영웅입니다!"

이 놀라운 성공! 세상을 놀라게 해주겠다! 나를 괴롭힌 인간들의 코를 납작하게 해주겠다! 발명의 기나긴 역사에서 에디슨이나 빌 게이츠 못지않은 탁월한 대역전을 이루어낸 위대한 전사의 자리는 바로 내 차지일 것이다!

채 교수가 긴장한 모습으로 자신의 구레나룻을 양손

으로 쓰다듬었다,

"이건 차라리 서막에 불과합니다. 이제 진짜 본론이 남아 있습니다."

채 교수가 손을 비비며 모니터로 다가갔다.

"회장님께선 정말 놀라실 겁니다."

민 박사가 환한 미소를 띠고선 채 교수를 거들었다. 커다란 키의 손 박사는 나를 내려다보며 고개를 끄덕였다.

"무어가 또 있습니까?"

"기억하십니까? 언젠가 술자리에서 제가 했던 이야기? 양자터널에 관해서 했던……?"

"양자터널이라면……?"

"입자가속기에는 어떤 비밀의 지점이 있습니다. 양자터널과 만나는 지점이죠. 그곳은 상식으로는 도무지 이해하기 힘든 지점입니다. 그 지점에 이르면 아무것도 없는 곳에서 질서가 만들어지지요. 에너지 제로에서 무한한 에너지가 창조되기도 하고요. 그 비밀의 지점이 바로 하나의 우주와 다른 우주를 이어주는 양자터널입니다."

채 교수는 허연 수염에 침을 날리는 것도 의식하지 못한 채 이야기했다.

"우리가 사는 세계에서는 질서가 만들어집니다. 그 대가로 다른 세계에서는 무질서가 증가하는 겁니다. 우리가 사는 세상에서는 에너지가 창조되죠. 그 대가로 양자터널로 연결된 다른 세상에선 물체가 소멸하고 사라지는 겁니다. 그러니까, 바로 그 지점에서 아무런 원료의 주입 없이도 물체의 복제가 이루어진단 말입니다!"

채 교수가 오메가의 동체를 탕탕 두드리며 외쳤다. 그럼에도 나는 머릿속이 텅 비어버린 백치와 흡사해져서 그가 무슨 말을 하는지 이해가 가지 않았다. 아니 그 순간 나의 머리는 복잡한 생각이나 대화 같은 것을 완벽하게 거부하고 있었다. 양자터널? 그게 무슨 대수란 말인가. 저토록 멋진 텔레비전을 복제해내는 오메가를 가졌는데……. 내 시선은 지지대 위에 놓인 다섯 대의 텔레비전을 곁눈질하고 있었다. 그 화면에는 우승한 카레이서의 인터뷰 장면이 이어지고 있었다. 카레이서가 손을 치켜들자 관중들이 손수건을 빙빙 돌리며 환호하고 있었다. 정말이지 저 텔레비전이 녹아내리는 끔찍한 일만 벌어지지 않는다면 모든 게 이루어진 것이다. 이 섬과 무수한 기계장비에 쏟아야 했던 20억 달러는 헛된 것이 아니었어. 지금 저 상태의 오메가만으로도 나는 세상 모든 기계제조의 재패가 가능해진다. 양자터널은 무슨…….

"보십시오."

채 교수가 활달한 몸짓으로 움직여서 오메가의 뒤편에 붙어 있는 레미콘의 거대한 드럼통처럼 생긴 원료주입기를 집었다.

"여기 이 부분을 제거하고도 물체복제가 가능하다는 이야기입니다."

"연금술이로군요."

"연금술이라니요!"

채 교수의 얼굴이 불끈 달아올랐다.

"아무런 원료의 주입 없이도 물체복제가 이루어진단 말입니다. 그 장면을 보고 싶지 않으십니까?"

나는 단지 너무 행복할 따름이었다. 보고 싶지 않다. 아무것도 보고 싶지 않아.

"좋습니다. 일단 보시는 게 빠를 겁니다."

채 교수가 수염을 두어 번 쓸더니 모니터의 버튼을 눌렀다. 윙- 하는 기계음이 울리더니 원료주입기의 쬠쇠가 동체로부터 저절로 떨어졌다. 원료주입기는 철거덕거리는 소음을 내며 기계의 아래에 설치된 레일을 따라 뒤로 밀려나기 시작했다. 어느새 레일을 다 깔아놓다니…… 준비가 참 좋다.

잠시 뒤였다. 원료주입기는 동체로부터 5, 6미터 떨어져서, 오메가는 발사체를 잃어버린 로켓처럼 단조로운 모습으로 바뀌었다.

채 교수가 손짓하자 민 박사와 손 교수가 지지대 위에 놓인 여섯 대의 텔레비전을 나르기 시작했다. 그들이 무거운 텔레비전을 하나씩 들어 선반 쪽으로 나르는 모습은 나의 텔레비전 제조공장이나 냉장고 제조공장에서의 노동자들의 움직임을 연상시켰다.

생각해보면 이제 내 공장에서의 조립 업무는 끝났다. 무한복제기계를 수백 대 만들어, 버튼만 누르면 간단하게 제품이 생산되는 공장을 운영하면 된다. 해마다 벌어졌던 파업, 임금인상에의 요구, 빨간 깃발과 빨간 머리띠, 지긋지긋한 협상과 그 뒤를 따르던 또 다른 협상, 이 모든 일이 끝났다. 이제 노동은 종말을 고했어……. 잠시 뒤 지지대는 비어 있었다.

"우리의 실험실에서 가장 비싼 물건을 복제하겠습니다."

채 교수가 오메가의 뒤편에 선 채 외쳤다. 나는 행복감에 젖어 그 모습을 지켜보았다.

"회장님의 반지는 진짜 다이아입니까?"

채 교수가 물었다. 나는 내 손을 치켜들어 세 사람에게 과시하듯 휘둘렀다. 내 약지에 끼어 있는 진품 다이아반지.

"가짜는 아니겠지요? 그걸 좀 빌리겠습니다."

"좋습니다. 얼마든지……. 4, 5만 달러는 호가할 겁니다."

내 목소리에 흥겨움이 배어 있었다. 나는 손가락에서 반지를 빼서 민 박사에게 건넸다. 민 박사가 이를 받아 지지대 위에 올려놓았다.

"100개를 복제하겠습니다."

채 교수가 모니터에 숫자 100을 찍었다. 파르스름한 빔이 반지를 스쳤다.

"잘 보세요. 지금 원료주입기가 달려 있지 않습니다. 우리는 실험실 어디에서도 다이아몬드를 준비한 적이 없습니다."

채 교수가 말한 순간이었다. 원료주입기가 달려 있지

앉은 오메가로부터 금빛 비췻빛 가루가 쏟아졌다. 나는 그토록 아름다운 입자가 허공에서 소용돌이치는 장면을 본 기억이 없다. 그것은 대륙의 허허벌판에서 회오리를 일으키는 토네이도를 닮기도 했고, 바다 한가운데서 몰아치는 거대한 소용돌이를 닮기도 했다. 나뿐 아니었다. 세 연구자 또한 그 아름다움에 입을 다물지 못한 채 허공에서 꿈틀거리는 입자의 용솟음을 바라보고 있었다. 그 모습은 마치 꿈결에서의 장면 같았다. 반짝이는 가루가 차츰 다른 지지대로 옮겨가고 있었다. 지지대 위에서 아름다운 소용돌이를 일으키더니 곧 엉기기 시작했다. 그 고운 가루들은 허공을 날아 원래의 반지 옆에 모양을 갖추기 시작했다. 어떻게 이런 일이? 내 몸이 북극의 얼음덩어리 속에라도 놓인 듯 오소소 소름이 돋으며 턱이 덜덜 떨렸다. 잠시 뒤 지지대에는 귀금속 진열대처럼 다이아몬드 반지가 가지런히 진열되어 있었다.

믿어지지 않아…… 이게 꿈이야 생시야…….

내 시선은 아름다운 반지들과 채 교수의 기쁨이 번져가는 얼굴을 번갈아 바라보았다. 그의 눈동자에는 물기가 어려 있었다. 지금 저 사람은 어떤 생각을 하고 있을까?

오랜 고뇌의 세월을 되새기지 않을까? 쏟아지는 비난과 의혹의 눈초리 가운데 자취를 감추고 세상을 등져야 했던 절대 고독의 시간을 되새기지 않을까?

나와 두 연구자의 경외감 깃든 눈빛이 채 교수에게 모였다. 그 눈빛은 따스한 온기처럼 채 교수를 감싸고 있었고, 그 온기는 따스한 훈풍으로 바뀌어 서로의 마음에 불어오고 있었다. 그 누가 먼저라고 할 것도 없었다. 서로가 서로에게 다가가 서로를 끌어안았다. 성공했습니다! 우리 넷은 사랑에 도취되어 기뻐하며 서로의 온기를 만끽하고 있었다.

3

그날 저녁이었다. 축하 파티는 끝났다. 와인에 취한 과학자들과 작별인사를 나눈 뒤 사택으로 돌아왔다. 나는 와인에 취하지는 않았으나 긴장감에 취한 채 금고 열쇠를 돌렸다. 그 안에는 10년 전 과학자들과 맺었던 계약서가 들어 있었다. 계약서를 한 장 한 장 넘기는 순간 마법의 샘물을 들이키는 듯한 희열에 사로잡혔다. 계약서에는 연구 성과와 결과물까지 모두, 회사가 무기한 보유한다고 적혀 있었다. 나는 이를 악물어 기쁨의 비명을 억눌렀다.

잠옷으로 갈아입고 침대에 누웠으나 잠은 오지 않았다. 감각이 예민해져서 주변 사물이 섬세하게 느껴졌다. 화병에 꽂힌 장미 다발이 어둠 속에서의 추상적인 분위기가 아닌, 윤곽이 선명하고 입체적인 모습으로 다가왔다. 청각도 민감하게 깨어 있었다. 바깥의 풀벌레 소리가 높은 음, 낮은 음, 갈라지는 음으로 울려와 도저히 그대로 누워 있을 수 없었다.

나는 잠옷 허리띠를 졸라매며 거실을 지나쳐 서재로 들어갔다. 그곳에 들어선 것은 그 방이 지어진 이후 처음 있는 일이었다. 리모컨의 비밀번호를 누르자 그 방의 한쪽 벽에 설치된 거대한 CCTV가 열렸다. 그것은 중앙동의 실험실을 비추는 CCTV였다. 섬사람 가운데 그 누구도 오메가를 감시하는 CCTV가 이 방에 설치되어 있다는 사실을 알지 못했다. 섬의 곳곳을 감시하는 보안팀조차도 엿볼 수 없는 곳이 바로 오메가 실험실이었다. 그 장소를 들여다보는 시선은 세상에서 나 혼자 소유하고 있었다.

CCTV 앞에 앉아 키보드를 누르자 실험실의 비밀스런 광경이, 벽에 설치된 스크린을 가득 채웠다. 초록색 열선(熱線)이 캄캄한 공간을 촘촘히 가로지르고 있었다. 그것은 무단 침입자를 감전시켜 즉사하게 하는 죽음의 선이었다.

눈이 어둠에 익숙해지며 열선 틈바구니에 놓인 오메가가 보였다. 열선의 초록빛을 반사하여 연한 녹색으로 반짝이는 하얀 몸이 고요한 자태로 누워 있었다. 방금 전까지 그려보았던 계획이 문득 떠올라서 허허로운 웃음이 쏟아졌다. 생산비를 아낄 목적으로 대량 해고를 기획했다니! 이젠 그렇게 쩨쩨하게 굴 필요가 없었다. 원하는 것이면 무엇이든 무한하게 쏟아낼 놀라운 기계가 있지 않은가. 이것은 말 그대로 세상을 움켜쥔 상황이었다. 오메가야 얼마든지 추가 생산이 가능하리라. 수많은 오메가들이 온갖 제품을 쏟아내는 공장을 벌려 나가자. 아니지. 이것은 단지 시작일 뿐……. 지지대에 다이아몬드를 올려놓으면 다이아몬드가 산을 이룰 것이다. 황금을 올려놓으면 아라비안나이트 같은 황금의 산이 솟아나겠지. 석유를 올려놓으면 무한하게 흐르는 석유의 강을 이룰 것이고. 아니, 석유나 황금 말고 또 뭐가 있을까? 귀금속? 티타늄? 희토류? 백혈병 치료제? 그 어떤 것이라도 좋다. 희귀하고 값비싸며 세상 사람들이 간절히 갈구하는 자원이 있다면 무엇이든 복제해내리라.

쇠구슬이 핀볼 머신을 돌며 현란한 빛을 번쩍이듯 뜨거운 피가 뇌혈관을 타고 돌며 온갖 공상이 번뜩였다. 세상의 최고급 물품을 죄다 생산해내야 한다. 회사의 로고가 세상을 휩쓸게 하자. 온 세상이 엘파이의 제품으로 포위되고, 엘파이의 급류에 휩싸이도록 하자……. 의자에서 일어나서 내 손을 펼쳐보았다. 손목의 혈관이 불룩불룩 약동하는 느낌이었다. 내 손이 세상을 창조한 조물주의 손, 온 세상을 사랑과 기쁨의 천국으로 바꾸어놓을 기적의 손으로 보였다.

흥분에 겨워 의자에 주저앉았다. 정말일까? 내가 본 게 사실이었을까? 일순 의구심이 치밀어 올랐다. 혹시 궁지에 몰린 채 교수의 저질스런 눈속임은 아니었겠지? 혹시 다이아반지가 녹아버렸으면 어떡하지?

다이아반지는 내 것을 제외하고, 세 사람 모두에게 골

고루 나누어 주었다. 시계는 밤 11시를 가리키고 있었다.

아냐, 그만 자자. 나는 웃음을 머금고 침실로 돌아가려 했으나 내면의 의혹은 더욱 커졌다. 기계의 성능을 다시 확인하지 않으면 도저히 못 견딜 것 같았다. 그것은 아름다운 처녀의 알몸의 유혹만큼이나 격정적인 끌림이었다. 이런 게 분별력을 잃은 모습이라니까. 내가 지금 제정신이 아니야. 스스로를 책망했으나 어쩔 도리가 없었다. 자리에서 일어나서 옷부터 갈아입었다.

숙소 밖은 비가 쏟아지기 직전의 후텁지근한 바람이 불고 있었다. 그 바람은 거친 열대의 기류 속에서 순식간에 방향을 바꾸곤 했다. 중앙동에 이르는 데에는 시간이 많이 걸리지 않았다. 건물 안쪽으로 들어서는 순간 잠시 의식을 잃었다. 그 어떤 기적적인 힘에 이끌려 몸이 허공을 가르는 느낌이랄까. 눈 깜박할 사이에 신체가 순간 이동을 하듯 실험실 입구에 서 있었다. 홍채 인식 장치에 눈동자를 들이대자 실험실 문이 스르르 열렸다.

비상등이 켜진 공간에는 희뿌연 빛을 내뿜는 오메가가 누워 있었다. 전원을 켜자 오메가의 불이 깜박깜박 들어왔다. 손목시계를 풀어 지지대 위에 올려놓고 계기판에 숫자를 찍었다. 곧이어 오메가의 분출구로부터 고운 금가루가 쏟아지기 시작했다. 마술램프의 기적과도 같은 그 놀라운 장면에는 그 어떤 사기나 기만도 섞여 있지 않았다. 금가루는 허공에서 회오리를 그린 뒤 서로 엉겨 동그란 기판과 문자판을 이루었 다. 곧이어 금빛 밴드와 버클을 빚어내서, 인간의 오랜 희망을 담았던 페르시아의 옛이야기를 이곳 실험실에서 현실로 바꾸어냈다.

눈앞에는 롤렉스시계가 쌓여 있었다. 마약이 혈관을 타고 돌며 뼈가 사르르 녹듯, 초현실적인 행복감으로 온몸이 노글노글해지는 느낌이었다. 너는 내 거야……. 나는 오메가의 하얀 몸을 어루만지며 속삭였다. 가슴이 뜨거워지더니 정신이 아득해졌다. 그런데 그 황홀경에는 오싹함도 섞여 있었다. 오메가가 내 것이 아니라, 내가 오메가의 노예가 되었는지 모른다는 상념 때문이었다. 세상에 오메가와 나만 존재하듯, 온통 오메가의 생각뿐이어서 아예 정신을 차리지 못하고 있는 내 스스로가 두려워졌다.

지지대를 가득 채운 금빛 시계를 쓰레기통에 부어버린

뒤 숙소로 돌아왔다. 침대에 눕자 지나친 긴장으로 근육은 뻣뻣해져 버렸지만 영혼은 생기로 넘쳤다. 이토록 사랑에 빠진 내 스스로가 믿겨지지 않았다. 베개에 누워 있는 나를 기다리는 앞날은 과연 어떤 것일까? 다이아반지나 손목시계를 찍어내던 오메가의 경이로운 광경만 어른거릴 뿐, 그 어떤 결과가 다가올지 측량하기 힘들었다. 내 미래는 나 자신의 상상만으로는 그 규모나 지평이 파악되지 않는 무한의 경지였다. 헤아릴 길 없는 행복감 가운데에서, 저 기계를 다스리기 위해서라면 지금까지와는 전혀 다른 방법이 필요할 것 같았다. 연구자들이야 수백 대가 되었든 수천 대가 되었든 오메가의 자동생산에 돌입하면 되겠지만, 업무지원 라인은 바뀌어야 했다. 어떻게? 라는 질문에 이어, 보통의 회사처럼 기계의 장점을 이해한 뒤 이를 활용할 방법을 강구하거나, 기획마케팅에 돌입할 방식은 아니지 않는가, 하는 생각이 스쳤다. 차츰 정신이 투명해져서 침대에서 몸을 일으켰다. 누가 되었든, 나 이외의 사람이 오메가의 성격을 이해하는 것 자체가 위험을 증폭시킬 것만은 분명했다. 따라서 저 기계에 관한 계획을 세울 인물은 세상에 나말고는 있어서는 안되었다.

잠이 오지 않았다. 시계는 밤 한 시를 가리키고 있었지만 정신이 너무나 맑았다. 새로운 생각을 가다듬을 때면 컴퓨터로 정리하는 습관이 있었기에 잠옷을 여미며 서재로 들어섰다. 사랑하는 연인과는 한 시도 떨어질 수 없다는 뜨거운 감정에 사로잡혀 CCTV부터 켰다.

거대한 화면에 실물 크기의 어두운 실험실이 떠올랐다. 초록색 열선 한가운데 오메가가 교교하게 누워 있었다. 달콤한 눈길로 기계의 몸을 애무하며 컴퓨터로는 액셀파일을 불러들였다. 우선 〈새로운 조직〉이라고 제목을 달았다. 가로 칸에는 〈1. 기획인력〉, 〈2. 보안인력〉, 〈3. 마케팅 인력〉이라고 써나갔고, 세로 칸에는 〈1. 예상업무〉, 〈2. 예상 리스크〉, 〈3. 예상비용〉 항목 등을 기입했다. 어제의 실험 이후로 이 섬 자체가 어마어마한 비밀을 간직한 요새라는 생각에 진땀이 흘렀다. 무엇보다도 섬의 보안요원부터 증원해야 했다.

의자에서 몸을 일으키려던 순간 스크린에 초록빛 열선이 사라졌다! 나는 깜짝 놀라 뒤로 물러앉았다. 열선이 꺼진 것이다! 등줄기를 타고 전율이 흘러내렸다.

잠시 뒤다. 실험실 불이 켜지며 나타난 인물은 바로 채 교수였다. 그 뒤를 누군가가 따라 들어왔다. 그는 바로 커다란 더플 백을 든 추 팀장이었다. 채 교수야 저곳에 자유롭게 드나들 수 있다지만, 추 팀장까지? 밤 한 시에?

　도무지 이해하기 힘든 일을 목격했을 때처럼 나는 멍해지고 말았고, 곧 분노가 치밀었다. 내 머릿속에는 실험실의 운영 규정이 스쳐 지나갔다. 섬에서 만 볼트의 열선(熱線)을 해제할 홍채를 가진 사람은 모두 넷뿐이었다. 나와 세 사람의 과학자. 물론 장비를 교체할 때면 장비를 운반하는 인부를 포함한 외부인이 실험실에 들어오곤 했다. 그럴 때마다 기계의 책임을 맡은 세 과학자 가운데 한 사람이 자신의 홍채로 문을 열어주며 비품의 반입과 반출을 관리했다. 회사에서 가장 소중한 자산의 비밀을 지키기 위해서였다.

　회사의 규정상 보안팀 사람은 절대 실험실에 들어설 수 없었다. 그들은 회사가 물체복제 기계를 만든다는 사실만을 어렴풋이 이해하고 있을 뿐, 기계가 뿜어내는 빔이나 텔레비전을 복제하는 모습을 본 적이 없었다. 적어도 그렇게 믿고 있었다. 규정이 단지 믿음에 불과했단 말인가? 생각의 갈피가 잡히지 않았다. 지금 눈앞에서 보는 일은 절대로 벌어져서는 안 된다는 집념 속에서, 저것은 사실이 아니라고 부르짖으며 주먹을 움켜쥐었다.

채 교수는 오메가의 뒤편으로 가서 버튼을 조작하기 시작했다. 추 팀장이 커다란 더플 백을 바닥에 내려놓더니 지지대 위에 무언가를 올려놓았다. 그것은 내가 채 교수에게 선사한 다이아 가운데 하나였다.

그들이 하려는 행위가 눈앞에 그려지며, 내 경악스러운 감정의 저편으로부터 두려움이 밀려들기 시작했다. 지금 내 눈앞의 오메가는 예전에 생각했던 오메가가 아니었다. 예전의 오메가는 극비라고 할 것까지는 아닌, 원료 주입에 의해 작동되는 물품복제 방식이었다. 지금의 오메가는 세상에서 가장 값비싼 물품을 허무로부터 찍어내는, 극비 중의 최고 극비 기계였다. 그런데 추 팀장 같은 인간에게 이를 알리다니…….

잠시 후 빔이 작동되기 시작했다. 오메가의 분출구로부터 파랗고 투명한 가루가 쏟아져 나왔다. 지지대 위에는 곧 다이아반지가 수북하게 쌓여갔고 이를 바라보는 추 팀장의 눈동자가 휘둥그레졌다. 그런 추 팀장을 응시하는 채 교수의 표정은 친형처럼 너그러워 보였다. 수북이 쌓인 다이아의 색조에 정신을 잃어버린 추 팀장의 눈동자에는 흥분과 욕망의 불꽃이 일렁였다. 어떤 이유에서건 회사의 극비 사항을 하찮은 보안팀장에게 누설해버린 채 교수의 책임은 사소한 것은 아니었다. 그러나 다시 생각하면 그는 내 운명을 수렁으로부터 건져준 은인이기도 했다. 어쩌면 저 행위는 오랜 친분을 쌓은 동료에게 일종의 과시를 하는 것일 수도 있었다. 그렇다면 채 교수에게 그러지 말라고 심각한 주의를 주어야 했다.

내가 갈피를 잡기 힘든 분노와 괴로움에 사로잡혀 있는 사이에 기계의 전원이 꺼졌다. 다이아 동산에 정신이 팔려있던 추 팀장은 꿈을 꾸는 듯한 몽롱한 상태에서 벗어나 바닥에 내려놓은 커다란 더플 백을 펼쳤다. 그리고서는 염전에서 하얀 소금을 쓸어 담는 숙련된 인부처럼 재빠른 손놀림으로 다이아반지를 쓸어 담기 시작했다. 가방은 금방 차올랐다. 추 팀장은 다이아몬드를 꾹꾹 눌러 넣은 뒤 가까스로 지퍼를 채웠다. 채 교수는 곰처럼 거대한 체구를 가진 추 팀장에게 다가가 그의 어깨를 두드렸다. 추 팀장은 이 은혜를 잊지 않겠다는 듯 고맙다며 고개를 수그렸다. 잠시 뒤 둘은 실험실의 불을 끄고 사라져갔다.

실험실 문이 잠기자 어둠에 잠긴 공간에 초록빛 열선이 다시 켜졌다.

'어떻게 이런 일이, 어떻게 이런 일이……?'

화가 치밀었다. 나는 자리에서 일어나서 뒷짐을 진 채 집무실을 빙빙 돌았다. 내 소유의 오메가가 하루도 못 되어 침탈당한 사실이 믿어지지 않았다. 그것은 혼신의 힘을 다해 사랑하던 연인이 능욕당한 것 이상의 충격이었다. 그러나 그보다 더욱 고통스런 것은 이토록 허술하게 뚫린 기계의 보안이었다. 아무리 생각해도 채 교수를 처벌할 수는 없었다. 그러나 추 팀장만큼은 달랐다. 그는 이제는 있으나 마나 한 인물이었다. 그가 섬을 떠나야 한다는 것은 너무나 분명한 사실이었고, 그를 내보내는 데는 큰 결심이 필요치 않았다.

순간 정신이 갑자기 아찔해졌다.

내가 미처 알아채지 못한 무언가가 있었던 것이다.

버드의 과장되게 흥겨웠던 경례 자세며, 밧줄을 당기던 젊은 보안요원의 입가에 흐르던 묘한 웃음, 그것은 CEO의 성공을 기뻐해 주는 직원의 따스함이 아니었다. 문제는 추 팀장 한 사람이 아니라 섬의 보안요원 전체였다. 섬 전체에 집단적인 기만이 차오르고 있는 것이었다.

나는 급하게 옷을 입고 숙소 바깥으로 나섰다. 비가 쏟아지고 있었다. 소나기였다. 빗방울이 여민 옷깃 사이로 사정없이 스며들었고 시야마저 금세 뿌옇게 흐려졌다. 야자수 가지가 바람에 휘날리며 잎사귀에 머금은 빗방울을 뿌려댔다. 바다가 내려다보이는 보안센터로 향하는 와중에 번쩍하는 기운이 느껴졌다. 갑자기 하늘이 환해지더니 나무뿌리처럼 갈라지는 섬광이 가까운 바다에 꽂혔다. 땅이 갈라지듯 요란한 소리가 대지를 흔들었다. 나는 옷깃을 여미며 발걸음을 재촉했다.

내가 당도한 보안센터는 2층 건물이었다. 건물 정면은 불이 꺼져 있었다. 건물 뒤편으로부터 희미한 불빛이 새어 나오고 있었다. 나는 건물을 돌아 뒤편으로 다가갔다. 그곳은 화강암 단애가 옹벽처럼 건물을 마주 보고 있었다. 그것은 마치 산비탈을 마주한 골목길 같은 느낌을 주었다. 그 끄트머리로 불 켜진 유리창이 보였다. 빗물 틈으로 낮게 가라앉은 포석을 디디며 유리창으로 다가갔다. 벽

옆에 바싹 붙자, 갈색 블라인드 사이로 실내의 정경이 들여다보였다. 그곳은 영상저장소였다. 도서관의 서고처럼 선반들이 가지런히 놓여 있고, 선반 위에는 지난 10년 동안 촬영한 섬의 CCTV 기록물이 서버의 형태로 정렬되어 있었다.

유리창 안을 들여다보는 순간 갑자기 사방이 환해졌다. 깜짝 놀라 몸을 웅크리자 고막이 터질 듯 요란한 소리가 귀를 때렸다. 내 눈앞 언덕 가까운 곳에 벼락이 떨어진 모양이었다. 땅에서 찌릿찌릿한 전기 기운이 일며 몸을 감전시키는 느낌이었다. 정신이 얼얼했다. 나 스스로가 누군가를 훔쳐보려다가 하늘의 벼락이라도 맞은 도둑고양이로 변해버린 느낌이었다. 그것은 너무나 기분 나쁜 일이었다. 나 자신이 회사의 CEO라는 사실, 그리고 지금 내가 엿보려는 이들이란 기껏해야 내 돈으로 먹고사는 직원에 불과하다는 것을 상기하려고 애썼다.

나는 발끝을 다시 돋우고 건물 내부를 들여다보았다. 영상 저장 선반 아래에 예닐곱 사람이 모여 있었다. 그들 옆의 테이블에는 더플 백에서 꺼낸 다이아반지가 수북하게 쌓여 있었다. 비췻빛 하늘빛으로 반짝이는 다이아의 동산 저편에는 몸집이 거대한 추 팀장이 앉아 있었다. 그는 기고만장한 표정으로 자신의 무용담을 지껄이는 듯했다. 테이블을 둘러싼 젊은 직원들은 연신 고개를 끄덕여 추 팀장에게 맞장구를 치면서도, 테이블 위의 보석으로부터 눈길을 떼지 못하였다. 그들 가운데는 새를 닮은 버드도 섞여 있었다. 부두에서 마주친 코가 납작한 보안요원도 보였다. 그들의 표정에는 '희열'이나 '기쁨'이라는 단어만으로는 표현하기 힘든, 놀라운 '활기'가 넘치고 있었다. 그들 뒤편에 거대한 마대자루가 늘어서 있었다. 스무 개 남짓 놓인 마대자루는 죄다 내용물로 가득 차 당장이라도 터질 듯했다. 주둥이가 여매지지 않은 자루 하나가 보였다. 자루의 주둥이로부터 비어져 나온 것은 녹색의 물체였다. 자세히 살피니 그것은 고무줄로 묶인 100달러 지폐 뭉치였다!

이들은 내가 섬에 도착하기 전부터 지폐들을 복제해대고 있었구나! 충격과 함께 잠시 머리가 하얘졌다. 만 볼트의 열선을 생각할 때 추 팀장 혼자 실험실에 침입하는 것은 절대 불가능했다. 추 팀장을 인도한 채 교수의 도움이 없었더라면 추 팀장은 절대 실험실에 들어갈 수 없었다.

지폐들을 복제하도록 도운 것도 채 교수인 게 분명했다.

저 어마어마한 분량의 지폐들은 친구에게 선사하는 선물이라기보다는 뇌물에 가까웠다. 채 교수가 무슨 이유로 추 팀장에게 뇌물을 준단 말인가? 잠시 머리가 아파왔다. 세상에서 가장 놀라운 기계를 발명한 위인이 도대체 왜 저런 행동을 하는 걸까? 회사에 무슨 해악을 끼치려고? 아무리 생각해보아도 이해가 가지 않았다.

어쩔 도리가 없었다. 저 놀라운 무한복제기계를 지키기 위해서라면 그 어떤 수단도 가리지 말아야 했다.

4

숙소의 침실로 돌아온 나는 침대 위에 길게 드러누웠다. 속옷이 비로 흠씬 젖어 있었다. 내 옷은 헤라클레스를 조여 왔다던 독 바른 옷처럼 피부에 달라붙어 숨이 차고 가슴은 답답했다. 텔레비전을 복사했던 순간부터 지금까지 불과 한나절도 안 되는 시간에 너무 많은 사건이 일어났다. 지나치게 많은 정보가 입력되면 두뇌는 작동을 멈춘다고 한다. 내 머리가 그런 꽉 막힌 상태였다. 잠시 아무런 느낌도 없었다. 사건이 어떻게 전개될지, 무엇을 어떻게 해야 할지, 아무런 생각도 떠오르지 않았다.

천장을 올려다보았다. 한없이 반복되고 사방으로 재생되는 조개껍데기 무늬의 벽지를 바라보자니 차츰 가슴에 쓰린 감정이 스며들었다. 오메가의 위력을 보안팀에게 누설해버린 채 교수의 심리가 원망스러웠다. 도대체 어떤 의도에서 그랬을까? 추 팀장 이하 보안팀원들은 한 무리의 도둑 떼로 바뀌어버렸다. 그들을 죄다 갈아치워야 한다는 으스스한 판단이 서고 있었다. 그런데 과연 현재의 상황을 사전에 예방할 수는 없었을까?

오메가가 무한복제 능력을 갖게 된 것을 사나흘 전에라도 귀띔을 받았더라면, 지금처럼 허술한 보안을 방치하지는 않았을 것이었다. 지금에 와서 채 교수나 추 팀장을 원망하는 나 자신의 어리석음을 탓해야 했다. 나 자신이 다이아몬드나 석유를 무한정 찍어낼 욕망에 사로잡혀 있으면서, 왜 다른 이들도 나와 비슷한 갈망을 품을 거라고 예측하지 못했단 말인가?

어쩌면 그것은 오메가가 갖고 있는 무시무시한 능력

때문일지도 몰랐다. 저 기계는 세상을 움켜쥘 능력을 품고 있었고, 나는 미칠 듯한 욕구에 사로잡혀, 저 기계와 기계가 찍어내는 물건들 외에는 아무 것도 생각하지 못한 것이었다. 오메가가 내 영혼을 송두리째 빨아들인 것이었다.

그러니까, 저 기계야 말로 바로 전설에 나오는 '자이르' 같은 게 아닌가. 한번이라도 보고 나면, 사람 머릿속에 틀어박혀 도저히 다른 생각을 할 수 없게 만든다는 아라비아의 옛 괴물체…….

잠이 오지 않았다. 이룰 수가 없었다. 필연적인 힘에 이끌린 듯 나는 침대에서 일어나 서재로 향했다. 내가 오메가를 직접 지키지 않으면 어떤 일이 벌어질지 알 수 없을 것 같은 어떤 섬뜩한 직감 때문이었다.

시간이 새벽 네 시를 넘어서고 있었지만 나의 정신은 말짱하게 깨어 있었다. CCTV를 켜보았다. 놀랍게도, 실험실 내부가 대낮처럼 환했다! 누군가가 실험실에 또 들어온 것이었다!

긴장감 깃든 충격 가운데 화면을 살폈다. 오메가로부

터 조금 떨어진 실험실의 반대편 구석이었다. 테이블과 의자가 마련된 공간에 세 사람의 과학자가 모여 앉아 있었다. 이 어두운 새벽, 저 캄캄한 중앙동의 복도를 거쳐, 저들이 실험실에 모여들 이유가 있었던가?

이상한 것은 그 한 가지가 아니었다. 작은 테이블을 사이에 두고 마주 앉은 세 사람의 표정이 어제와는 사뭇 다르게 보였다. 어제의 감격이나 행복감은 흔적조차 찾을 길 없고, 어딘지 모르게 불길한 기류가 흐르고 있었다.

채 교수가 입을 열었다. 손바닥으로 자신의 가슴을 부여잡기도 하고, 허공을 향해 자기 손을 펼쳐 보이기도 했다. 다른 이들을 향해 무언가를 간곡하게 설득하는 것 같았다. 듣고 있는 민 박사와 손 교수의 얼굴은 어둡다 못해 침울해 보였다. 채 교수는 자신의 설득만으로는 부족한 듯 뒤편에 놓인 컴퓨터의 모니터를 가리켰다. 그러고 보니 채 교수의 뒤로 컴퓨터가 켜져 있었다. 컴퓨터 모니터에는 그래픽으로 처리된 시뮬레이션 영상이 움직이고 있었다.

나는 모니터 영상을 줌인으로 끌어들여 확장시켜 보았다. 뾰족한 빔을 내밀고 있는 영상 속의 기계는 분명 오메가였다. 잠시 뒤 오메가의 맞은편으로 다른 기계가 나타났다. 그것은 오메가를 거울로 비춰놓은 것처럼 똑같이 생긴 오메가의 쌍둥이였다.

쌍둥이 기계를 만들려 하는구나! 나와 일언반구 상의도 하지 않고!

하지만 지금까지 채 교수는 거의 모든 일을 혼자 구상하고 실행해 온 사람이었다. 쌍둥이 기계를 만들려고 하는 것도 그러고 보면 놀랄 일도 아니라고 할 수 있었다. 그런데 지금 이 시간에 채 교수는 두 사람을 불러놓고 무엇을 설득하려 하는 것일까? 의혹이 순식간에 증폭되는 것을 느끼며 나는 음향을 조정하는 버튼부터 찾아 올렸다.

"그건 너무 중요한 일 아닙니까? 어떻게 우리끼리 결정합니까?"

민 박사가 의심을 품은 눈빛으로 채 교수에게 물었다.

"회장님께서 아신다면 과연 허락하실까요?"

민 박사가 덧붙였다.

"그럴 리가 없지……."

거의 입을 여는 법이 없는 손 교수가 나지막하게 대꾸

했다.

"아니, 그런 형식적 절차가 그렇게 중요합니까?"

채 교수가 답답하다는 듯 묻자 민 박사는 채 교수를 응시한 채 고개를 설레설레 저었다. 손 교수는 상대를 외면하고선 허공을 바라보았기에 셋은 깊은 침묵 아래로 가라앉았다.

'내가 허락하지 않을 일이라니, 그게 어떤 일이기에……?'

궁금증이 커졌다. 과학자들이 이야기를 멈춘 사이에도 채 교수 옆에 놓인 컴퓨터의 화면은 저절로 움직이고 있었다.

모니터 속의 공간이 차츰 넓어지더니 두 대의 오메가가 마주 보는 공간은 곧 거대한 운동장만큼이나 커졌다. 서로 마주 보는 두 대의 기계 가운데 한쪽으로부터 빔이 쏟아지기 시작했다. 다음 순간 오메가의 분출구로부터 형형색색의 알갱이가 쏟아지며 곧 지지대에서 엉겨 붙으며 새로운 오메가가 형태를 잡아갔다.

두 대, 네 대, 여덟 대, 열여섯 대, 서른두 대……, 오메가의 숫자는 계속 늘어나서 거대한 벌판을 가득 채울 정도였다.

충격으로 숨이 막혀왔다. 오메가라고 자기 복제를 못할 이유는 없었다. 쌍둥이 기계만 만들면 오메가의 무한 복제야 얼마든지 가능할 것이다. 그러나 나와 그 어떤 상의도 하지 않고? 무엇을 어쩌려고? 나는 불안감이 엄습하며 심장 박동이 빨라지는 것을 느꼈다.

"채 교수님, 어제 겨우 발명이 일단락되지 않았습니까. 이런 이야기는 나중에 나누는 게 어떻습니까?"

민 박사가 달래듯 물었다.

"이럴 거였으면 어제 시연회는 왜 했습니까?"

손 교수는 돌아앉은 채 쏘아붙였다. 채 교수는 씁쓸한 눈빛으로 그의 뒷모습을 바라보았다.

"정말이지 어제의 시연은 왜……?"

민 박사도 손 교수와 같은 심정이라는 듯 채 교수에게 물었다.

"그거야, 우리 셋의 자존심이 걸린 문제였으니까요……. 그렇지 않습니까?"

채 교수가 부드럽게 설득하는 목소리로 되물었다. 민 박사는 동의하기 힘들다는 듯 고개를 흔들었다.

"아무리 그렇다지만, 이건 근사한 선물을 주고선, 그 대가로 등에 비수를 꽂는 짓 아닙니까. 어제 그분께서 기뻐하시던 모습이 아직도 눈앞에 선한데요."

민 박사가 안타까운 감정을 실어 말했다. 손 교수는 돌아앉아서 허공을 응시하고 있었다. 채 교수는 아무런 답변 없이 수염을 쓰다듬었다.

'등에 비수를 꽂는다……'

심장이 격렬하게 뛰며 관자놀이의 박동이 지끈거렸다. 지난 10년 동안 나는 세 사람을 늘 조심스럽게 대해왔다. 이들이 요구하는 장비나 부품 요구를 단 한 번도 거부해본 적이 없었다. 이들에 대한 내 신뢰는 무한에 가까웠다. 이들 또한 그 사실을 잘 알고 있을 터였다. 이들에 대한 내 의심이 최근 들어 깊어지기는 했지만 결코 이를 겉으로 드러낸 적은 없었다. 나 자신이 검찰 소환이나 감옥행을 두려워하지 않을 정도로 이들에게는 지원을 아끼지 않았던 것이다.

그런 내게 내게 칼을 꽂으려 하다니…….

채 교수가 커피머신에서 커피를 다 내리도록 침묵은 계속되었다.

"물론 여러분의 의견이 틀린 건 아닙니다."

채 교수가 커피잔을 들고 자리로 돌아가 앉으며 입을 열었다.

"이 기계가 탄생하기까지 여러 지원들이 있었죠. 아마 이산 회장이 아니었다면 오메가는 만들어지지 않았을 겁니다."

"제 생각이 바로 그거예요."

민 박사가 걱정스런 눈빛으로 말했다. 손 교수도 동의한다는 듯 채 교수를 똑바로 쳐다보았다.

"아무리 그래도…… 이 기계의 능력이 너무 뛰어나지 않습니까."

채 교수는 커피잔을 매만지며 말했다.

"이 기계는 모든 걸 해낼 수 있는 괴력을 가지고 있습니다. 기계 하나가 이루어낼 수 있는 능력이 그토록 어마어마한데 어떻게 이산 회장 한 사람만 섬기라고 내버려 둔단 말입니까."

두 과학자가 어두운 표정으로 바라보는 가운데 채 교수의 목소리는 점점 높아졌다.

"자, 잘 생각해봐요. 쌍둥이 기계를 만드는 데 걸리는 기간은 딱 한 달입니다. 그러면 오메가와 닮은 기계가 무수하게 만들어져요. 내가 이산 회장의 오메가를 어떻게 하겠다는 건 아닙니다. 그분이야 자신의 오메가로 원하는 걸 하면 됩니다. 문제는 새로 만든 기계란 말입니다."

'그래, 새로 만든 기계로 무얼 어떡하겠다는 거냐?'

긴장감 가운데에서 나는 채 교수의 모습을 주시했다. 채 교수는 잠시 말이 없었다.

"그 기계를 세상으로 내보내면……,"

채 교수가 잠시 말을 멈추었다. 스크린을 주목하는 내 이마의 주름이 깊어졌다.

"그 나라가 가난한 나라건, 척박한 나라건, 온 나라의 빈곤이 눈 깜박할 사이에 해결됩니다. 한 나라에 두 대씩만 보내주면 됩니다. 모두 합해 500대만 복제하면 전 세계의 빈곤이 말끔하게 해결된단 말입니다."

캄캄한 어둠 가운데에서 벽돌이 떨어지는 느낌이었다. 벽돌은 내 머리를 정통으로 내려쳤고 놀란 머리가 계란 노른자위 터지듯 산산이 부서지려 했다.

기계를 전 세계에 보내겠다…….

아무 생각도 떠오르지 않았다. 그 어떤 감정도 느껴지

지 않았다. 희뿌옇게 변색된 공간에서 거칠게 뛰놀고 있는 심장의 박동만이 울려올 뿐이었다.

격한 배신감과 극악한 분노가 밀려들었다. 대륙과 섬을 잇는 거대한 연구단지. 섬의 각종 휴게시설과 쾌적한 유흥단지. 배로 나르던 무수한 장비들. 버려지고 또 버려졌던 기계부품들. 거기에 허비된 내 엄청난 돈들.

그런데 나와 아무런 상의도 하지 않고 기계를 나눠주겠다……?

거센 통증이 전신을 타고 돌아가고 있었다. 어깨가 욱신거리고 무릎이 시큰거렸다. 바로 그 순간, 아! 하는 탄성과 함께 7, 8년 전 어느 레스토랑에서 채 교수와 나누었던 대화 한 토막이 떠올랐다.

노릇하게 익은 사슴고기에 달콤한 와인 향이 어우러지던 와중이었다. 나는 그때 상당히 취해 있었고 정신이 가물가물했으나 채 교수의 이야기는 아주 놀라웠다.

채 교수는 자신의 아버지가 이 대학 저 대학 떠돌며 강의를 했던 품팔이 시간강사였다고 했다. 그는 젊은 시절에 디지털 정보공유 운동에 열성이었고, 그런 탓에 정규직을 얻지 못했다는 것이었다. 어린 시절에 채 교수는 지독히 가난했지만 아버지를 원망하지 않는다고 했다. 아버지가 어린 채 교수에게 지식의 〈사회적 공유〉라는 개념을 심어주었다는 것이었다.

"지식의 사회적 공유라! 이 얼마나 멋진 말입니까. 구텐베르크의 인쇄기가 발명되었기에 책은 누구나 구할 물건으로 바뀌지 않았습니까. 그래서 르네상스가 온 겁니다. 요즘의 인터넷도 마찬가집니다. 지식의 사회적 공유로 인해, 중국이나 인도 같이 가난한 나라가 진보의 도상에 설 수 있었습니다."

아주 짧은 순간이었지만 채 교수는 진지했다. 그는 비록 취해 있었음에도 열성적이었다. 인류 풍요의 비밀이 바로 지식의 공유에 담겨있다는 그의 주장, 그 누구나 함께 잘살 수 있다는 열변에는 오랫동안 숨겨놓은 그의 본심이 고스란히 담겨 있었다.

채 교수는 애당초 소유 관념이라곤 희박한 인간이었다. 바로 나 자신이 어려울 때마다 집안의 엄격했던 교육을 되새기며 힘을 얻듯, 채 교수는 자기 아버지의 가르침을 떠올리며 사회를 바꿔낼 의지를 불태우고 있었다.

일순, 밝은 불이 켜진 듯 채 교수의 심리가 환하게 들여다보였다. 채 교수가 기계를 세상에 뿌려대자고 한 것은 그냥 지껄여보는 흰소리가 아니었다. 가난했던 어린 시절의 한에서 비롯하여, 기성 질서에 대한 지울 수 없는 반감으로부터 기인하여, 그는 그토록 강력하게 반사회적인 주장을 펼친 것이다.

초창기부터 채 교수에 대한 애정이 각별했던 탓일까? 믿는 도끼에 발등이 찍힌다는 속담이 있듯이, 상처인지 배신감인지 알 수 없는 격한 그 무언가가 끓어올랐다. 그래 잘하고 있구나. 당신을 믿고 아껴서 회사를 거의 말아먹을 뻔했건만, 그 대가가 겨우 배신이라니……

그 와중에도 채 교수는 열성적으로 사람들을 설득하고 있었다. 굶주린 사람들이 더 이상 배고프지 않아야 한다고도, 자원이 부족한 나라도 풍요로워질 수 있다고도 했다. 내가 들어본 장광설 가운데 가장 거창하고도 황당무계한 장광설이 쏟아졌다. 사하라 사막을 초원으로 바꿀 수 있다는 둥, 시베리아에 따뜻한 온천수를 공급해야 한다는 둥, 나미비아와 짐바브웨에 석유와 천연자원의 세례를 안기자는 둥, 지구의 엄청난 지형 변화를 불러올 거창한 사업을, 지팡이 한 번 휘둘러 홍해를 가른 모세처럼 쉽사리 해낼 수 있다고 떠들어댔다.

우리가 현실화시킬 세계 변화의 꿈이 얼마나 크고 원대한가? 이에 비하면 이산 회장이 추구하는 이윤이란 마치 좁쌀 알갱이처럼 사소한 것 아닌가? 나는, '저놈이 미쳐도 단단히 미쳤구나,' 하는 분노와 함께 뇌관이 발뒤꿈치에서 타올라 머리 끝에서 폭발해 버릴 것만 같았다.

머릿속이 자욱한 포연으로 가득차는 것 같았다. 하나의 윤리는 이에 상충하는 다른 윤리를 파괴하는 속성을 지닌다. 채 교수의 거창한 인류애는 그보다 작지만, 훨씬 밀도 높은 내 개인의 윤리감각을 사정없이 짓밟아 버리고 있었다.

"채 교수님, 채 교수님……."

민 박사가 채 교수를 제지했다. 채 교수가 열변을 멈추었다.

"벌써 여러 번 들었던 이야기입니다. 그런데 좀 당황스럽습니다. 전혀 실감이 나지 않아요."

민 박사는 진심 어린 어조로 말했다. 그의 눈동자에는 채 교수를 걱정하는 빛이 어른거렸다. 여러 번 들었던 이야기라. 그래, 이런 이야기를 이 자들은 오래전부터도 해 왔던 것이로군. 손 박사도 팔짱을 끼고서 채 교수를 바라 보고 있었다. 그의 눈빛에서는, 당신이 지금 제정신인가, 하는 의문의 빛이 감돌고 있었다.

채 교수를 제외한 나머지 두 사람은 중산층 이상의 가 정에서 자랐으리라. 경제적인 압박을 못 느끼고 살았을 그들에겐 세상의 가난이 얼마나 멀고 아득했을까. 채 교 수가 계속 지껄여대는 박애의 주장은, 끈덕지게 따라붙는 구세군의 종소리처럼 불쾌하기만 할 테다. 그 뿐 아니었다. 그들에게는 내가 그들에게 부여하기로 한 주식이 있었다.

이 세상 어느 누가 돈의 위력으로부터 자유로울 수 있 을까. 나는 고통스런 긴장 가운데에서 작은 위안을 느끼 며 그들의 언쟁을 주시했다.

"참 답답하십니다!"

채 교수는 불끈 달아올라서 외쳤다.

"저 기계가 세계의 가난을 일거에 타파할 수 있다는데, 그런 소중한 임무를 나는 모른다, 나야 연구실에서 연구 나 하는 학자니까, 이렇게 외면하는 게, 그게 과연 과학자 의 양심입니까!"

얼굴이 붉게 달아오른 채 교수가 테이블을 꽝 소리가 나도록 내려쳤다. 손 교수와 민 박사 모두 아연실색한 표정으로 채 교수를 바라보았다. 갑작스런 채 교수의 성토에 기가 질린 모양이었다. 잠시 아무도 입을 열지 못했다. 세 사람 사이에 무거운 침묵이 내려앉았다.

이윽고, 채 교수가 입을 열었다.

"제가 말이 심했으니 기분들 풀어요."

채 교수가 조용히 사과했다.

"채 교수님, 아십니까?"

민 박사는 상대가 건넨 커피를 받아들으며 조심스럽게 이야기를 꺼냈다.

"교수님은 이산 회장과도 연락을 끊고 작업에 몰두했기에 잘 모르실 겁니다. 그때 나와 손 교수는 이산 회장을 여러 번 만났습니다. 회장께서 얼마나 성심껏 우리를 대해 줬는지……."

민 박사는 눈을 가늘게 뜨고 최근의 만남을 회상하는 표정을 지었다.

"진짜 형님 같았죠."

과묵하기만 한 손 교수도 괴로운 듯 고개를 흔들며 시

선을 떨어뜨렸다.

"맞아요. 늘 위로해주고 다독여주고……. 그분을 배신하는 건…… 그건…… 인간의 도리가 아니라……"

민 박사가 더 이상 말을 잇지 못했다.

나를 휩싸고 있는 분노의 감정이 그토록 격렬하지 않았더라면, 그 순간 나는 그 어떤 애잔한 정서에 젖어들었을지도 모른다. 내가 만약 내 기분을 거침없이 드러내는 사람이라면 당장에 실험실로 뛰어가 채 교수를 붙들며 하소연이라도 했을 것이었다.

채 교수, 이제 당신의 연구는 불멸의 업적으로 기려질 것입니다. 월계관의 축하를 받게 되겠지요. 나는 지난 10년의 투자로 거의 빈털터리가 되고 말았습니다. 이제야 비로소 기계의 은총을 누리려는 것뿐인데, 연구의 오랜 동반자였던 나를 속이려 합니까? 나를 팽개치겠다고요? 어떻게 이럴 수가 있습니까?

……내 머릿속은 복잡하게 돌아갔다. 채 교수는 한편에서는 동료 과학자들을 설득하고 있었다. 동시에 보안팀원들을 통째로 구슬리고 매수하고도 있었다. 채 교수가 그리는 전략이 어떤 것일지, 그 구체적 실체를 파악하

기는 힘들었지만, 나를 파멸로 몰아갈 것만은 틀림없었다. 나는 숨을 죽이고서는 CCTV에 시선을 집중했다.

"물론 이산 회장을 생각하면 가슴 아프죠. 아무리 그래도 그 계약과는 비교가 되지 않는 더 중요한 임무가 있지 않습니까?"

채 교수는 따스한 설득조의 목소리를 이어갔다.

"이제 오메가는 완성되었습니다. 우리 셋만 결심하면 불과 한 달 이내에 세계에서 가난이 사라질 겁니다. 우리의 임무란 횃불을 든 프로메테우스의 사명과도 같아서 헐벗고 추위에 떠는 인류를 위해 횃불을 나누는 것입니다."

"그래서…… 정말 세상이 나아진다는 보장이 있습니까?"

민 박사가 호소하는 눈빛으로 캐물었다.

"당연히 나아지지요!"

채 교수가 즉각 대답했다.

"자, 세상의 여러 나라에 오메가를 두 개씩 보냈다고 가정해봅시다. 그래서 그 나라가 원하는 걸, 그 어떤 것이든 복제해낸다고 합시다. 그런 인류의 앞날이란 지금의 세상, 굶주리고 헐벗고 가난한 이들로 득시글거리는 세상보다 훨씬 낫지 않겠습니까. 물이나 자연자원뿐 아닙니다. 자동차나 텔레비전, 냉장고, 사람들의 삶을 개선시켜줄 물자라면 그 어떤 것이든 복제해낼 수 있단 말입니다."

채 교수의 주장에 나는 그만 숨이 막혔다. 그는 자연자원뿐 아니라 남이 만든 물건들까지 제멋대로 복제해버리는 세상을 그리고 있었던 것이다.

저 미치광이 과학자의 망상은 어디까지 향한단 말인가. 저놈의 머리는 자본주의가 이루어온 모든 소유권과 재산권을 뒤엎고, 자기 하고 싶은 대로 마구 복제하는 미친 인간들의 세계를 그리는 것 아닌가. 세상을 이리 만만하게 보다니!

자본주의란 얼마나 정교한 체계 위에 세워져 있느냐 말이다. 세계교역과 거래에 관한 수만 가지 협약과, 재산권 보호조약과, 수억 가지의 특허권들…… 그런 것들은 단 하나라도 위반할 시에는 엄격한 재판과 처벌이 기다리고 있다. 이를 무시하고 타인의 물건을 함부로 찍어내겠다! 미쳐도 보통으로 미친 게 아니로군!

분노가 치밀었고, 다른 한편에서는 내가 서 있는 지반

의 단단함이 느껴지며, 저 미친 과학자의 망상을 단번에 깨뜨릴 수 있으리라는 확신이 생겼다.

"세상이 그렇게 간단하겠습니까?"

민 박사가 아니라는 눈빛으로 고개를 갸웃거렸다. 그는 잠시 생각에 잠겼다가 이어나갔다.

"세상의 모든 물품에는 정식 소유자가 있습니다. 특허권을 보유한 회사도 있습니다. 아무리 무한하게 찍어내는 기계라지만, 소유권이나 특허권을 무시할 수는 없지 않습니까?"

민 박사가 정곡을 찔렀다. 손 교수도 정말 그렇다는 듯 민 박사를 바라보며 고개를 끄덕였다.

"특허권이라……. 소유권이라……."

채 교수가 묘한 웃음을 머금으며 뒤로 물러앉았다.

"아마 불가능할 걸요. 절대로요……. 한번 잘 상상해 보세요. 내가 생각하는 가난한 나라란 탄자니아, 말라위, 짐바브웨, 소말리아 같은 곳입니다. 이들 나라에 가장 먼저 오메가가 전달되어야 하는 건 잘 이해할 겁니다. 그런데 기계를 인도하며, 물이나 나무, 광물처럼 재산권 보호도 없고, 특허권 보호도 없는 그런 물품만 복제하라고

할 수 있을까요? 아니 아예 그런 물건만 복제하도록 잠금장치를 해놓고 보낼 수도 있을 겁니다. 그러면 그 나라가 예, 알겠습니다, 하고서 고분고분 광물들만 복제할까요?"

채 교수가 어린아이를 상대할 때처럼 민 박사에게 눈을 찡긋거리며 야릇한 웃음을 머금었다.

"지구촌에는 두 개의 다른 세상이 있습니다. 재산권이나 특허권을 몽땅 보유한 선진국이 그 하나입니다. 이산 회장처럼 가전제품의 소유권을 보유한 곳이지요. 그곳에서는 텔레비전이나 냉장고, 컴퓨터 같은 기기를 오메가로 마구 찍어낼 겁니다. 그런데 이와 반대로 가난한 나라에서는 물이나 나무뿌리, 흙 같은 것밖에 못 찍어냅니다. 이런 차이야말로 불공평을 심화시키는 것 아닐까요? 만약 세계가 그렇게 진행된다면 얼마나 무섭도록 빈부격차가 커질까요? 그러면 그 가난한 나라의 국민들은 우리에게도 서구의 물자를 찍어낼 기회를 달라고 아우성치지 않겠습니까? 마침내 그 나라의 과학자들이 달라붙어 오메가의 잠금장치를 풀어낼 겁니다. 그리고선 더 열심히 서양의 특허권이 있는 온갖 가전제품이나 발명품을 복제할 겁니다. 그렇게 해야 전 세계적인 빈부격차가 줄어들 수 있으니까요. 그런데 그들 가난한 나라를 과연 누가 불법복제를 한다고 응징할 수 있을까요? WTO가? 서구의 법정이? 요즘 우리나라에선 남의 나라 뮤직 파일이나 영화 파일 같은 것을 공짜로 다운 받는 인간들이 수두룩합니다. 나나 여러분도 그런 사람 가운데 하나일 겁니다. 그런데 그들 가운데 단 한 사람이라도 불법복제를 이유로 감옥에 간 사람이 있습니까?"

세 사람의 논쟁은 강력한 힘으로 빨아들이는 행성과 행성 주변을 떠도는 작은 별똥별 사이의 힘겨루기와도 같았다. 채 교수의 세계 변혁의 의지는 너무나 뿌리 깊고 오랫동안 단련되어온 것 같았다.

그는 내가 단 한 번도 상상해본 적 없던 여러 사안을 반복적으로 고민해보았던 모양이었다. 그런 그 앞에서 손 교수나 민 박사의 저항은 미약하고 무디게 무너졌다. 그들은 채 교수의 강력한 힘에 휘말려 들고 있었다. 나 또한 경악을 금하지 못하며 그의 논리 속으로 빨려들어 갔다.

"아프리카의 나라들은 오랫동안 서구 국가들의 착취 아래 신음해 왔습니다. 현재에도 세계적인 발전으로부터 소외되어 있습니다. 그런 그들의 원한이 얼마나 뿌리 깊은 것인지 아십니까. 특허권? 지적 재산권? 그런 것들이야 아작아작 깨물어 먹기 좋은 비스킷 아닐까요. 그뿐 아닙니다. 만약 서구 선진국의 재판정에서 가전제품의 복제를 금지하는 재판이 벌어진다고 해봅시다. 아마도 아프리카 주민이 아니라 선진국의 시민들이 재판정에 몰려가서 아우성을 칠 겁니다. 무한복제를 허용하라, 외치며 성난 벌 떼처럼 들고일어나 건물에 불을 지르고, 법관을 붙잡아 옷을 벗긴 뒤 거꾸로 매달 겁니다. 그러면 국가는 어떻게 할까요? 경찰이나 공권력을 동원하여 성난 군중을 잡아가두도록 명령할 수 있을까요? 오메가가 국민 한 사람 한 사람에게 부여하는 혜택이 그토록 엄청난데, 나라의 지형이 바뀌고, 온 나라의 국민이 부자로 바뀌는 마당에, 과연 누가 이를 막는단 말입니까?"

"제발 그만!"

민 박사가 양 손으로 자신의 머리를 움켜쥔 채 진저리를 쳤다.

"날 내버려 둬요! ……내 방식대로 살고 싶으니까! ……당신 주장 따윈 듣고 싶지 않아!"

민 박사가 고개를 수그린 채 흐느끼듯 외쳤다. 그런 그의 외침은 항복을 선언하기 직전의 단말마적 발악 같았다. 손 교수 또한 할 말을 잃은 채 우두커니 앉아서 허공을 바라보고 있었다.

"자 똑똑히 보세요. 오메가가 개발되는 순간 세상이 바뀌었습니다. 세상 모든 나라가 하루아침에 부자가 될 겁니다."

그의 선언에 나도 할 말을 잃었다. 내 눈앞에서 벌어지는 광경이 현실이 아닌, 파국으로 치닫는 부조리극 같았다. 나는 진저리를 치며 CCTV의 화면에서 물러났다. 새벽빛이 어슴푸레하게 밝아오고 있었다.

멀리 펼쳐진 거무스름한 모래사장과 바윗돌에 밀려들어 물거품으로 흘러내리는 파도가 보였다. 모래사장 위의 갈매기 무리는 먹이를 놓고 끼룩끼룩 날개를 부딪치며 서로 다투고 있었다. 그것은 밀물과 썰물이 존재했던 오랜 옛날부터 수억 겁 반복되어온 장면일 것 같았다. 나는 나 자신이 21세기를 살고있는 현대인인지, 아니면 태곳적 바다를 바라보는 원시인인지 혼란스러웠다. 채 교수의 심리가 섬뜩하게 느껴졌다. 10년 전 나를 찾아와 무한복제를 설득하던 그 순간에도 채 교수의 마음속에는 놀라운 계획이 서 있었으리라.

나의 몸 안에 자그마한 오메가를 잉태시켜 키워낼 계획. 숙주인 내 몸뚱이의 피와 살을 빨려 오메가를 키운 뒤, 다 큰 오메가를 내 몸으로부터 끄집어내 세상을 무너뜨릴 계획.

상상만으로 몸서리가 쳐지며 온몸에 소름이 돋았다.

그는 지금 동료들에게 설득을 하고 있기는 했지만 그런 복잡하고 까다로운 절차를 그다지 중요하게 생각하는 것 같지 않았다. 채 교수에게는 오직 계획을 관철시킬 의지만이 중요할 뿐이며, 동료들의 승인이란 반드시 필요한 것은 아닌 듯했다.

그의 이글거리는 눈빛이 내면의 강인한 의지를 드러내고 있었다. 살아오며 계약서의 문구를 단 한 번도 어겨본 적 없는 소심한 두 동료를 굳이 끌어들일 필요는 없었다. 내 직감이 옳다면, 그는 독단적으로 일을 추진할 게 틀림없었다. 나는 자리에서 일어났다.

땅바닥에 흩어진 퍼즐 조각 같았던 그림이 저절로 맞추어졌다. 채 교수가 추 팀장과 그의 부하들을 매수한 까닭도 바로 저 끔찍한 계획에 동참시키기 위해서일 것 같았다.

정말이지 오메가란 얼마나 무서운 기계인가. 그 정교한 회사 시스템과 소유권과 자본주의 체제를 무너뜨릴 힘을 가지고 있다니. 그 기계가 개발된 순간 세상이 바뀌었다는 채 교수의 이야기는 놀라운 진실을 담고 있었다.

오메가를 둘러싼 보호막과 삼엄한 경계가 무너진다면, 그 순간 사법적 절차나 공권력 따위가 작용할 힘을 잃어버릴 것은 너무나 투명한 진실이었다. 따라서 보호막은 그 어떤 일이 있더라도 지켜져야 했다. 나에게는 시간이 그리 많이 남지 않았다.

5

그 이튿날 저녁이었다. 내가 소집한 파티가 노천온천장에서 열렸다. 만찬 테이블에는 카스피의 캐비아와 알래스카 산 킹크랩, 고베 산 와규가 올랐다. 한때 나 혼자 즐겼던 보르도 산 와인도 백 병 넘게 복제되어 테이블에 진열되었다.

섬의 연구자와 보안직원이 모두 모였을 때 그 숫자는 60명을 넘었다. 민 박사와 손 교수는 모호한 미소를 띤 채 테이블 건너편에서 멈칫거렸다. 채 교수는 이런 어색한 분위기를 감추려는 듯 거창한 동작으로 나를 껴안았다. 나는 한 사람 한 사람 손을 잡으며 고맙다고 치하했다. 같은 시각 쾌속정 두 대가 섬을 향해 출발하고 있었다.

저녁 열 시 무렵 파티의 분위기는 절정으로 치닫고 있었다. 채 교수가 술잔을 치켜들며, 엘파이의 무궁한 번영을 위하여! 라고 외쳤지만, 민 박사와 손 교수의 표정은 복잡해 보였다. 추 팀장이 이끄는 보안팀 직원들은 온천탕의 미지근한 물에 몸을 담그고 위스키를 들이키기 시작했다. 늘 철통같은 경비를 펼쳤던 해안경비대가 근무를 서고 있었더라면, 섬으로 다가오는 쾌속정을 발견하는 일은 그다지 어렵지 않았을 것이다. 그러나 그 시각 망루는 비어 있었고, 나 홀로 바다를 향해 뻗은 방파제의 끄트머리에 서서 배를 기다리고 있었다.

소형 모터보트 한 대가 방파제를 넘어오고 있었다. 배에서 내린 사람은 바로 선우였다. 나는 그를 힘차게 끌어안았다. 잘 와주었네. 자네는 내 생명의 은인이야, 하며 나는 회사의 총무이사이자 내 사촌 동생의 손을 굳게 잡았다. 그는 특유의 선량한 느낌이 드는 미소를 지으며, 자신이 섬을 떠난 지 벌써 5년이 다 되었다고 대답했다. 그랬다. 첫 5년 섬을 책임진 이는 바로 선우였다. 내 대신 섬에서 자금을 관리하며 개발팀의 업무를 지원하는 일을 맡았었다. 그랬다가는, 내가 오메가의 개발에 좀 더 깊숙이 개입하게 되며, 그는 본사로 발령받아 그곳의 업무에 복귀했던 것이다.

선우는 사람이야 충직하지만 귀신처럼 일을 해내는 스타일은 아니었다. 그럼에도 그는 어린 시절부터 나와 친밀했을 뿐 아니라, 사촌인 나에게는 무한한 신뢰를 바치는 인물이었다. 그런 그의 우직하리만치 굳은 충성심이 이번 계획에 딱 맞는다는 판단이 섰다. 나는 그에게 오메가가 완성되었다고 알리며, 섬의 상황이 통제하기 힘들 정도로 이상하게 돌아가고 있다고 했다. 그는 기꺼이 두 팔을 걷고 나섰다. 그는 내륙에 급파되어 용병을 모았으며 섬까지 직접 와주었다.

잠시 뒤 두 번째 배가 섬에 다가왔다. 제법 커다란 배였다. 배에서 내린 사람들은 모두 25명. 사막 지역에 근거지를 둔 용병이었다. 지휘관을 제외한 그들 모두는 스키마스크를 쓰고 있었고, 어깨에는 기관총을 두르고 있었다. 지휘관은 마른 체구에 각진 얼굴을 한 40대 사내였다. 나는 손을 내밀어 악수를 청했지만 그는 내 손을 본체 만체했다. 그는 가슴에서 사절지 크기의 종이를 꺼내 내게 건넸는데, 거기에는 작전 목록이 나열되어 있었다. 나 또한 내가 작성한 목록을 그에게 건넸다. 지휘관은 두 용지를 펼쳐보더니 그 내용을 비교하기 시작했다.

비밀조직이 은밀한 거래를 하거나 음모를 꾸밀 때 조직의 두목은 상대의 신상을 알려고 하지 않는다. 상대의 신상을 알아보았자 서로에게 피해를 줄 뿐이라는 사전 지혜 때문이다. 무장병력의 지휘관은 그런 분야에는 정통한 인물 같았다. 그는 손가락으로 집어가며 작전 목록을 세세히 비교했다. 첫째, 나와 선우를 제외한 섬에 있는 인물 전원을 체포한다. 둘째, 체포한 이들을 모두 라켓볼 장으로 수용한다. 셋째, 무기의 사용은 자제한다. 혹여 극렬하게 저항하거나 탈출을 시도하는 이가 있을 경우 공포탄을 발포해도 좋다. 넷째, 포로와의 의사소통은 일절 금지

한다. 두 용지는 내가 선우와 전화상으로 상의하여 각각 한 부씩 작성한 것이었다.

나는 지휘관 앞에 섬의 지도를 펼쳐놓았다. 지도에는 연구단지와 주거지역, 위락시설, 경비초소까지 상세하게 표시되어 있었으며, 라켓볼 장에는 빨간 동그라미가 그려져 있었다. 라켓볼 장은 출입구를 제외하고는 사방으로부터 밀폐된 지하 공간이었다. 그 안에 인질을 들여보내고 출입구를 봉쇄하면 외부로부터 철저한 격리가 가능했다. 지휘관은 침착한 눈빛으로 지도를 살폈다. 그럼에도 그의 마음에 여러 의문이 떠도는 것을 피할 길이 없었으리라.

'도대체 왜 이런 일을 벌이는 겁니까? 모두 당신의 직원 아닙니까?'

당연하다. CEO가 자신의 직원을 잡아가두는 일이야 좀체 설명하기 힘든 상황일 것이다. 그러나 어떡하겠는가. 직원들의 거친 욕망이나 채 교수의 기괴한 망상을 막을 방법이 이것뿐인 것을……. 그러면 상대는 또 이렇게 물어올지 모른다.

'저들 가운데에는 여자나 노인도 섞여 있지 않습니까?

문명국가의 CEO가 어떻게 이런 끔찍한 일을 벌인단 말입니까?'

물론 나도 그 사안을 고민하지 않은 것은 아니다. 어쩔 도리가 없었다. 누가 기계에 흑심을 품고 있고, 누가 흑심을 품지 않았는지 구분할 방법이 없거니와, 한 사람씩 차근차근 불러 일일이 심문해보거나, 가둘 사람과 가두지 않을 사람을 구분할 시간적 여유조차 없었다. 실상 이 작전이 얼마나 급박하게 진행되고 있는지는 당신도 잘 알지 않는가. 이 밤중에 호출되어 중무장한 채로 달려왔으니…….

"이걸 어깨에 걸치시오."

작전지휘관이 가운데 빨간 줄이 그어진 하얀 헝겊을 나와 선우에게 건넸다. 나는 그것을 내 어깨에 두르고 핀으로 고정시켰다.

"작전은 새벽 네 시에 종료됩니다. 작전 시간 내내 두르고 있어야 합니다."

지휘관이 다짐했다. 나는 미리 준비해온 수십 부 복사된 지도를 작전지휘관에게 건넸다. 그가 그것을 펼쳐보더니,

"필요 없어요. 대원들이 벌써 숙지하고 있으니까,"

하고 퉁명스럽게 내뱉었다. 나는 선우를 바라보며 안도의 미소를 지었다.

"노천온천탕부터 급습해야 합니다. 거기에 보안요원이 다 모여 있어요."

지휘관이 엄지와 검지를 동그랗게 말아 오케이 신호를 했다. 작전이 개시되면 마스크를 쓴 무장병력은 지도에 표시된 건물을 샅샅이 훑어나갈 예정이었다. 연구단지의 전기 기술자건 청소부건, 레스토랑의 웨이트리스건 주인이건, 나이 많은 사람이건 젊은 사람이건, 잠에 취한 사람이건 화장실에서 볼일을 보는 사람이건, 아무런 구분 없이 일시에 체포할 예정이었다. 인질들이 라켓볼 장에서 마주칠 것은 생수와 건빵, 담요와 매트리스였다. 라켓볼 장 한구석에는 두 개의 널빤지에 깔린 양동이가 마련되어 있었는데 그것은 용변을 볼 장소였다.

잠시 뒤 숨 가쁜 작전이 전개되었다. 무장병력은 노천온천탕을 포위한 채 사방에서 조여들었다. 스키마스크의 사내들이 수영복 차림의 보안팀원에게 총구를 들이대자 그들은 깜짝 놀라 양손을 치켜들었다. 그들 가운데에는 너무 취해 몸조차 제대로 가누지 못하는 이도 있었다. 충돌은 벌어지지 않았다. 수영복 차림의 보안팀원이 머리에 양손을 얹은 채 물을 뚝뚝 흘리며 노천온천탕 밖으로 끌려 나왔다.

중무장한 요원의 군홧발 소리가 곳곳에서 울렸다. 도처에서 "가!" 하는 외침이 들렸다. 자물쇠가 잠긴 집에서는 유리창을 깨는 파열음도 울려왔다. 평소 연구단지는 조용했으며 주민들의 거주지는 평온한 곳이었기에 갑작스런 군홧발 소리는 밤의 고요를 깨는 계엄 선포 같았다. 인질들은 속수무책으로 끌려 나왔다. 이따금 "가!" 하는 외침은 울렸지만 총성은 들리지 않았다.

나는 사저의 유리벽에 서서 아래를 내려다보았다. 포로의 행렬이 인도 곳곳에서 이어지고 있었다. 손을 머리에 얹은 잠옷 차림의 노인이 끌려 나왔다. 나이트가운 차림의 여인도 어깨끈을 올리며 끌려가고 있었다. 총부리에 내몰리는 사람 가운데 흰머리를 산발한 노인이 눈에 띄었다. 자세히 보니 바로 채 교수였다. 불과 하루 전만 해도 뜨거운 애정으로 포용했던 그가 이제는 잠옷 차림에 슬리퍼를 끌며 끌려가고 있었다. 머리 위에 손을 얹은 채 허둥지

둥 뛰어가는 그의 얼굴에는 이게 어떻게 된 일인가 하는 당혹감이 어려 있었다.

그가 내 집무실 아래를 지나칠 때였다. 그는 얼굴을 돌려 낮은 촉수의 전등이 켜진 2층 창을 올려다보았다. 나는 커튼에 얼굴을 반쯤 묻은 채 아래를 내려다보다가는 흠칫 놀랐다. 그의 얼음장 같은 시선이 나와 마주친 것이다. 채 교수의 눈동자에 어려 있던 놀람의 빛, 당혹스러움을 말로 표현할 길이 없다.

지난 10년 그와 나는 세상에서 더 이상 가까울 수 없을 정도로 가까운 사이였다. 유채꽃 만발한 사하라. 젖과 꿀이 흐르는 시베리아. 그의 상상력은 놀랍도록 담대했다. 그토록 극심하게 나를 넘어뜨릴 계획을 세운 것이다. 그러나 결정적인 순간에 상대의의 발목을 낚아챈 것은 바로 나였다. 그는 지금 내게 불덩이 같은 저주를 토해내고 있겠지……. 그의 저주는 내게는 무덤까지 끌고 갈 짐이었다. 그러나 내겐 그 무게를 맞받을 또 다른 무게가 있었다. 기업가로서의 소명, '소유'와 '이윤'이라는 자본주의의 질서를 지켜낼 역할, 이는 제도 파괴자로서 채 교수의 임무보다 훨씬 무거운 제도 수호자로서의 짐이었다.

채 교수, 나와 당신의 운명이 불과 하루 만에 이토록 엇갈린 게 믿어지는가. 나 또한 지금의 일이 하룻밤의 악몽 같다. 어쩌다 지난 10년 친형제 같던 우리가 이 지경이 되었는가. 전생에 어떤 악연으로 얽혔기에 이토록 마주 달릴 운명이었는가. 채 교수 당신이 횃불을 든 프로메테우스를 자처하며 오메가를 뿌리겠다고 토로했을 때, 나 또한 깨닫고 있었다. 당신을 이런 운명으로 밀어붙일 이가 바로 나라는 사실을……. 자본주의를 나락으로 떨어뜨리려는 당신의 의지를 좌절시키고, 담대하기 짝이 없는 당신의 영혼을 불태워 가루로 만드는 게 내 숙명임을……. 그러니 탓할 것은 내가 아니다. 세상을 지키려는 내 의지, 그리고 내 주도면밀함에 넘어간 당신의 무모함일 뿐…….

채 교수는 총부리를 겨눈 무장병력의 재촉에 이끌려 점차 내 시야에서 멀어졌다. 그가 맨발로 끌던 슬리퍼의 모습이며 펄럭이던 잠옷의 잔상이 내 뇌리에 긴 여운을 남겼다. 나는 눈을 감고서 책상을 더듬었다. 코뿔소 모양의 회사 로고가 손에 닿았다. 상아를 깎아 만든 부조. 지난 세월의 일들이 오래된 흑백 영화의 장면처럼 뇌리에 스쳤다. 선친이 운영해온 시계공장의 마스코트 코뿔소, 젊은 시절부터 함께 하여 내 열정을 바쳤기에 이젠 나와 결코 분리할 수 없는 이 육중한 형상의 코뿔소, 내 열정과 노력의 결과 세계 곳곳에 자회사를 둔 대기업으로 성장해온 엘파이의 상징, 이를 해치려는 시도는 곧 내 몸을 분쇄하려는 것이기에, 이를 무너뜨리려는 그 어떤 세력과도 목숨을 건 싸움을 벌일 수밖에 없는 나 자신.

문득 젊은 여자의 울부짖는 소리가 허공을 갈랐다. "가!" 하는 외침이 잇따랐다. 감았던 눈을 떠보았다. 사방은 고요했다. 밤의 고독이 뼛속 깊이 스미었다. 감상은 금물이었다. 이 넓은 섬에서 모든 이들이 나와 적대하고 있었다. 회사의 전략팀이나 기획팀의 도움조차 얻을 수 없는 나는 앞으로도 모든 일을 혼자 기획해야 하고 실행해야 했다.

살면서 이토록 고독했던 적이 있었던가? 없었다. 단 한 번도 없었다. 현재 상황이야 유례없이 위태로운 지경이었으나, 더 위태로운 미래가 기다리고 있었다. 라켓볼 장으로 끌려가는 인질의 머리에는 죽음의 재가 뿌려지겠지. 그러나 저들을 몰고 가는 무장병력은 어느 편인가? 저들이 계속 내 편으로 남아 있을까? 혹시 인질 누군가의 꾐에 넘어가서 편을 바꾸지는 않을까? 그래서 갑작스레 총구를 내게 겨누지는 않을까?

아무것도 알 수 없었다. 돌이켜보면 지난 24시간 내내 배신이 잇따르지 않았던가. 나 자신이 야누스의 얼굴로 바뀌어야 했다. 정면의 시야는 적을 감시해야 하고, 뒤편의 시야는 내 뒤를 주시해야 했다.

제2부

뒤바뀐 세상

1

9월의 햇볕이 따스하게 내리쬐는 오후였다. 나는 본국의 공항에 발을 디뎠다. 그 동안에는 늘 VIP를 위한 공항 출입구를 이용했지만 이번에는 그럴 수 없었다. 내 일정을 담당했던 개인 비서가 일을 그만둔 탓 같았다. 아니면 공항 측의 VIP 담당부서에 업무 결원이 생겼을지도 모른다. 정확한 사정은 알 수 없었다.

승객들은 입국심사대를 향해 앞서거니 뒤서거니 분주하게 움직이고 있었다. 그들 틈에 섞인 내 걸음도 저절로 바빠졌다. 내 손에는 작은 가방이 들려 있었는데 그 안에는 칫솔과 치약, 속옷이 들어있었다. 오가는 행인들의 눈

에 내가 늙수그레한 중년으로 보일 것이라 생각하니 초
라한 느낌이 들었다. 이렇게 인파에 섞여 줄을 서본 것이
언제였던가? 대학을 다닐 때에는 더러 서보았지만, 나중
에는 그런 일은 없었다. 입국심사대로 이어지는 여러 줄
가운데 앞을 다투어 자리를 차지한 내 가슴에는 회한이
들끓고 있었다.

어느새 무한복제기계의 소식은 전 세계에 퍼졌다. 오메
가의 이야기는 오로지 소식만으로 엄청난 자기장을 만들
었고, 세상의 모든 인간을 거대한 자석에 끌리는 작은 쇳
가루처럼 빨아들이거나 거꾸로 떠밀어내고 있었다. 어떤
이는 그 기계에 환호하고 열광했다. 어떤 이는 무한복제
기계가 만들어낼 세상을 두려워하고 있었다. 비행기 안에
서 스쳐 지나친 일등석 승객들은 대개는 겁먹은 표정이었
다. 직원들이 미쳤습니다. 우수수 그만두고 있어요, 회사
를 운영하는 한 사내가 심각하게 내뱉었다. 이 비행기의
서비스도 예전만 못하지 않습니까? 뭔가가 좀 이상하지
않아요? 그 옆의 승객이 근심스럽게 물었다. 서비스가 엉
망이에요. 스튜어디스가 일을 그만둔 것 같아요, 회사를
운영하는 사내가 우울하게 맞장구쳤다. 그들의 눈빛에는

불안과 공포의 그림자가 드리워 있었다.

비행기가 태평양을 가로지를 때였다. 내 옆자리의 일등석 여자 손님은, 쉿! 저 소리 들리세요? 하고 자신의 옆 손님에게 소곤거렸다. 정말 왜들 저럴까요? 하고 옆 승객이 나지막하게 응대했다. 평소 조용했을 일등석 출입구 부근에서 이코노미석 승객들의 잡담 소리가 왁자지껄하게 들렸기 때문이다. 그들은 일등석의 출입구에 서서, 무한 복제기계가 지구를 복제할 수 있을까? 못할 이유가 과연 뭐람, 라고 지껄이거나, 우리의 사랑스런 블랙 핑크를 떼거지로 복제했으면……, 하고 태연스레 떠들고 있었다. 평소 이코노미 승객은 비즈니스석 언저리는 말할 것도 없거니와, 2층으로 분리된 일등석 출입구에는 발조차 붙이지 못했다. 그 어떤 두려움이나 경원의 느낌 때문일 것이다. 그런데 어느새 저들에겐 두려움이 사라졌다. 거꾸로, 저들의 태연자약한 잡담을 듣는 일등석 승객의 눈빛에 두려움이 어른거렸다. 나는 쓴웃음을 머금었다. 이것은 단지 시작일 뿐입니다. 앞으로 벌어질 일은 정말 끔찍할 겁니다, 라고 귀뜸해주고 싶었다.

섬에서 시작된 변화가 세계로 번진 것은 불과 일주일

전이었다. 섬에서는 긴급 기자회견이 벌어졌다. 세계에서 초청된 방송사 기자들이 모인 자리에서 손 교수와 민 박사의 호위를 받는 채 교수가 '무한복제 시대'를 선포했다. 수많은 방송 카메라 앞에서 다이아몬드를 복제하는 장면을 시연하였다. 두 기계가 서로를 스캔하여 새끼 기계를 복제해내는 시뮬레이션 화면도 방영했다. 그로부터 일주일이 더 흘렀다. 이제 세상은 온통 무한복제기계 이야기로 들썩였다. 태평양을 가로지르는 기내의 방송들도 무한복제기계 이야기뿐이었다.

그 어떤 방송 채널에서건 빅 브라더 같은 채 교수의 얼굴이 등장하지 않는 화면은 없었다. 심지어는 그 기계가 만들어갈 '미래 사회'의 모습이 반복적으로 상영되고 있었다. 나는 기내에서 무력감에 휩싸여 그 영상을 지켜보았다……

'무한복제 세상'이라는 금빛 글자 아래 긴 꼬리를 흩날리는 봉황이 하늘을 날았다. 여러 마리의 돌고래 무리가 구름 틈바구니를 유영하고 있고, 파르테논 신전의 거대한 기둥을 닮은 대리석 출입구를 가진 환상의 백화점이 나타났다. 사방으로 늘어선 대리석 기둥의 장관에 경탄하는 새 시대의 시조 아담과 이브가 건물 입구에 손을 잡고 서 있었다. 어서 오세요, 라며 채 교수의 아바타가 등장하여 둘을 인도했다. 향기에 취한 벌이 꽃봉오리 속으로 빨려들듯 아담과 이브는 거대한 건물 안으로 이끌려 들어갔다.

건물 곳곳에는 온갖 조각들이 세공되어 있고 천장에는 샹들리에가 반짝였다. 사방에는 보석과 장신구, 명품 가방이 진열되어 있어서 아담과 이브의 시선을 끌고 있었다. 리더기를 받아요. 바코드를 찍으면 자동으로 복제가 되지요, 하고 채 교수의 아바타가 이브와 아담에게 리더기를 건넸다. 아담과 이브는 리더기를 들고서, 이 물건을 찍을지 저 물건을 찍을지 고민하며 보석 진열품 사이를 지나쳤다. 연녹색 마노 알갱이들이 조르르 박힌 펜던트가 이브의 시선을 끌었다. 와, 예쁘다! 하고 탄성을 내지르더니, 이브는 갈망하는 눈빛으로 펜던트 쪽으로 다가갔다. 망설일 것 없어요. 어서 대세요, 채 교수의 아바타가 알려주었다. 정말 공짜에요? 이브가 채 교수의 아바타에게 물었다. 그럼요. 바코드를 찍어요, 채 교수가 재촉했다. 이브가 리더를 바코드에 대자 초록빛 불이 들어오며 신호음이 울렸다. 저길 보세요, 채 교수의 아바타가 백화점 중앙의 천장에 붙은 전광판을 가리켰다. 전광판에는 백화점의 중앙 통제실에 위치한 무한복제기계에서 복제를 수행하는 장면이 나타났다. 지금 오메가가 이브님이 선택한 펜던트를 복제하고 있잖아요. 모두 공짜랍니다, 채 교수의 아바타가 설명했다. 이브가 기뻐서 어쩔 줄 모르며 아담의 목을 끌어안았다. 아담은 사랑스런 이브의 뺨에 키스를 했다.

우리 더 올라가는 게 어떨까? 아담이 손가락을 치켜들어 에스컬레이터를 가리켰다. 2층에는 엄청나게 많은 가구가 진열되어 있었다. 빅토리아풍의 휘장 침대, 뉴에이지식 소파 세트, 천장에 걸어놓고 침대에 누워 시청하는 천장걸이 텔레비전……. 아담이 천장걸이 텔레비전의 바코드에 리더를 대자 정보가 자동으로 전송되었다. 간단하게 복제가 이루어졌다. 3층은 바다가재, 성게 알, 참치 뱃살 같은 온갖 진미와 최고급 술이 진열되어 있었다. 람보르기니, 포르쉐, 페라리 같은 최고급 명차만 전시된 층도 있었다. 꿈의 자동차가 이곳에 다 모여 있네! 아담이 이브의 어깨를 끌어안으며 외쳤다. 난 부가티가 갖고 싶어요, 이 브가 따라 외쳤다. 부가티는 이쪽입니다, 채 교수의 아바타가 두 사람을 이끌었다.

아담과 이브가 쇼핑에 지쳤을 때였다. 아래층 출입구엔 복제한 물건이 기다리고 있다고 채 교수의 아바타가 정겹게 일러주었다. 아담과 이브는 손을 잡고서 백화점 출구로 향했다. 정말이었다. 상품을 찾는 픽업 센터에는 두 사람이 바코드로 찍은 물품이 예쁘게 포장된 채 은빛 부가티 위에 놓여 있었다. 믿어지나! 이 모든 게 공짜라니! 아담이 흥분하여 외쳤다. 그럼요, '무한복제 세상'이 바로 그런 놀라운 곳입니다. 바로 여러분이 백화점의 주인인 세상이지요, 채 교수의 아바타가 다정하게 다짐해주었다.

지금 내가 통과하는 늦은 오후의 대기실에는 많은 승객이 모여 있었다. 공항 곳곳에는 텔레스크린이 설치되어 있고 그 앞에는 이를 에워싼 인파가 모니터를 바라보고 있었다. 화면에는 무한복제기계가 보석이나 금괴를 복제하는 장면이 방영되고 있었다. 기계가 뿜어내는 파란 빔은 공항 이용객들의 눈동자로부터 무언가를 빨아들이는 듯했다. 그들의 눈동자로부터 빨리는 것은 어쩌면 그들의 영혼일지 모른다. 무언가를 잃어버린 이용객들은 자신의 혼이 빨려나간 것도 모른 채, 허공에 아롱거리는 파란 빔을 아득한 도취 가운데 하염없이 바라보고 있었다.

무한복제기계의 이송 장면을 생중계하는 텔레스크린도 있었다. 바로 어제였다. 쾌속정으로 섬을 떠날 무렵 두 대의 무한복제기계가 컨테이너 박스에 실리고 있었다. 내가 공항 대합실을 통과하는 지금 이 순간 그 기계는 태평양 상공을 날고 있었다. 무한복제기계와 함께 비행기에 동승한 방송 카메라는 사방에서 컨테이너 박스를 비추었는데, 쇠줄로 고정되어 미동조차 하지 않는 컨테이너 박스의 모습은 인류 역사상 가장 많은 사람이 시청할, 가장 단조로운 장면일 게 틀림없었다. 그럼에도 세계인의 시선은 쇠줄로 단단히 결박된 컨테이너 박스의 자태에 빨려들지 않을 수 없었다.

무한복제기계는 제네바 외곽의 드넓은 경기장으로 이송될 예정이었다. 그곳에서 유엔 사무총장의 영접을 받으며 포장이 벗겨지고, 세계 시민들이 지켜보는 가운데 250여 나라에 보낼 새로운 기계를 복제해낼 예정이었다. 언뜻 살피니, 내가 스쳐 지나가는 공항 복도의 텔레스크린 아래에는 주유소의 계기판처럼 자그마한 숫자가 돌아가고 있었다. 03:01:04, 03:01:03, 03:01:02, 03:01:01……. 초 단위로 줄어드는 그 숫자는 무한복제기계가 제네바 공항에 도착하는 데 걸릴 예상 시간이 아닐까 싶었다. 이제 세 시간 뒤면 두 대의 복제 기계는 길게 늘어선 환영인파를 가르며 개선장군처럼 운동장에로 향할 듯했다. 축포와 불꽃이 하늘로 쏘아지는 가운데, 경기장을 가득 채운 군중 앞에서 새끼 기계를 찍어낼 것 같았다. ……이런 하염없는 상념에 잠겨 공항 출구를 통과할 무렵이었다.

"회장님!"

기둥들이 늘어선 출구 어디선가 낯익은 목소리가 들렸다. 오후의 햇살이 반짝이는 가운데 여행객들은 자동차의 트렁크를 열고 짐을 싣고 있었다. 그것이 나를 부른 소리가 아닐까 싶어 잠시 두리번거렸다. 나를 찾는 이는 보이지 않았다. '회장님'이 나를 지칭하는 고유명사라고 믿었던 옛 습관을 아직 버리지 못했구나, 자책하며 발길을 돌리려던 순간이었다. 여행객의 무리가 빠져나간 공간에 나를 응시하는 얼굴이 보였다.

"선운가? 선우……?"

내가 기뻐서 외쳤다.

"모자를 쓰셔서 못 알아볼 뻔 했네요."

기둥 저편에 서 있던 선우가 미소를 지으며 내게 다가 왔다.

"뭐하려 여기까지 왔나……."

나는 그의 따스한 손을 잡았다.

"이리 주세요."

내 짐을 받아드는 그의 얼굴에는 선량한 미소가 걸렸다. 그 미소는 다정했고 믿음직스러웠다. 동시에 애잔했다.

"얼굴은 어떤가?"

내가 그의 턱에 손을 댔다. 아마 친형만이 동생의 얼굴을 그토록 스스럼없이 만질 수 있을 것이다. 나는 그의 턱을 왼편과 오른편으로 부드럽게 움직여보았다. 마지막으로 헤어질 때 그의 얼굴은 처참했다. 인질들에게 얻어맞아 코뼈는 내려앉았으며, 눈자위는 검게 변색되었고, 광대뼈는 부어 있었다. 나는 그토록 엉망이 된 선우를 그 이튿날 쾌속정에 태워 육지로 보냈다.

"이젠 아무렇지도 않아요. 다 나았거든요."

"아냐. 좀 부은 거 같은데?"

"부은 게 아니라 살이 오른 거죠."

선우가 환하게 웃었다. 뭉그러졌던 코는 수술을 받은 모양이었다. 원래의 모습처럼 솟아 있었다. 무엇보다도, 그는 넥타이를 매진 않았지만 정장 차림이었다. 그 차림은 내가 한때 그 중심을 차지했고, 또 그로부터 결코 벗어나고 싶지 않았음에도, 이제는 회복 불가능할 정도로 멀어져버린 회사 시절을 생각나게 만들었다. 그런데 그 시절이 그토록 소중한 까닭은, 나나 선우가 그 시대를 붙잡으려 생명까지 걸었기 때문이다. 그래서 선우의 옷차림에는 눈물이 핑 돌도록 애잔한 무언가가 담겨 있었다.

"차는 어디에 있는가?"

나는 찡한 코끝을 문지르며 주위를 둘러보았다. 대합실을 나오면 승용차가 나를 기다리곤 했다. 내가 열린 문으로 올라타면 운전사가 문을 닫아주었다.

"가져오지 못했습니다. 저쪽 주차장에 세워두었죠."

선우가 미안해하며 주차장 방향을 가리켰다.

"이런, 이런……, 아직도 옛 습관에서 벗어나지 못했네.

어서 가세……."

　내가 허허롭게 웃으며 앞장섰다. 선우의 얼굴은 밝아 보였다. 그런데 그의 기쁨이, 지금 스쳐 지나치는 보통 사람들을 사로잡은 기쁨과는 전혀 다른 종류라고 믿는 내가 지나친 것일까? 선우에게 동질감을 확인하고픈 내 감정이 과도한 집착일까? 아무리 그래도 선우를 생각하면, 오메가를 지키기 위해 생사를 내걸었던 절박한 순간이 떠올랐다. 라켓볼 장을 홀로 지켰을 그의 1분 1초는 괴로움의 연속이었으리라. 철문 저편으로부터 들려오는 인질들의 아우성. 살려달라는 호소. 으르렁거리는 협박. 지옥문을 지키는 심정이었을 것이다. 그래서 지금 이 순간 바닥으로 추락해버린 내 심경을 고스란히 공감하는 선우가 기껍기만 했다. 실상 기억의 공유만큼 절실하고 뜨거운 유대는 없다지 않는가. 만약 선우가 이 세상에 존재하지 않는다면 누가 내 영광이나 오욕을 함께 나눌 수 있을까? 그것은 오로지 나 혼자의 것이 되어 영영 잊히지 않을까? 그래서 선우의 존재는 나에게는 절절히도 소중했다.

　"저 혼자 떠나는 게 괴로웠습니다."

　자동차 사이를 통과하며 선우가 조심스럽게 말했다.

"회장님 혼자서 그 많은 사람을 상대하는 일이 얼마나 고생스러우셨습니까?"

가슴이 먹먹해졌다.

"아냐, 그야 어쩔 수 없는 일이었어. 섬사람이야 대하는 게 그리 편치는 않았네만······, 그렇다고 그렇게 까다롭지도 않았어."

더욱 서글픈 사실은, 내가 선우에게 라켓볼 장의 열쇠를 맡길 때 그를 버릴 생각을 했다는 것이다.

"저는 울고 싶었습니다. 회장님께서 바닥에 쓰러지셨을 때······."

나 때문에 울고 싶었다고? 나야말로 지금 이 순간 자네 앞에 꿇어 엎드려 울고 싶은 걸? 자본주의를 살려놓기 위해 자네의 희생이 불가피하다고 생각했으니······. 그런데 내가 곧 자네의 입장으로 전락해버렸다니, 이 얼마나 가혹한 운명의 장난일까.

"사람들 앞에 엎드리는 건 아무렇지도 않았어. 차라리 홀가분했다고나 할까······. 섬사람들이 아이스크림처럼 녹아내리지 않았나."

나와 선우는 소리 내서 웃었다. 내 이야기는 진심이었

다. 인질들 앞에서는 고통스러우면서도 편안했다.

　내 계획은 주도면밀한 시나리오에 따른 것이었다. 누가 누구를 총으로 쏘거나 시체를 바다에 내던지는 것보다는, 가스 누출 사고가 더 그럴 법한 스토리 같았다. 창공에서 사린가스를 뿌린 뒤 방독면을 착용한 비밀 인력을 투입할 예정이었다. 사체의 위치를 이리저리 바꿔놓고, 파손된 건물이나 집기까지 손보고 나면, 방송기자를 맞을 준비가 끝나는 것이었다. 물론 누출 사고의 파장은 클 듯했다. 회사의 CEO는 직원의 사망을 책임져야 할 입장이었다. 회사의 경영 일선에서 물러나야 함은 물론이요, 길고 지루한 재판에 회부될 게 틀림없었다. 그럼에도 오메가를 주축으로 삼는 은밀한 사업만큼은 비밀스레 전개할 수 있으리라 믿었다.

　비행기를 빌리는 일은 쉬웠다. 사린가스를 뿌릴 인력을 모집하는 작업 또한 그다지 어렵지 않았다. 내륙에는 그런 일에 전문성을 갖춘 은밀한 조직이 여럿 있었기에 나름의 경쟁을 벌이기까지 했다. 곧 거대한 드럼통처럼 생긴 사린가스를 실은 비행기가 출격을 기다리며 프로펠러를 돌릴 무렵이었다. 섬에 홀로 남았던 선우로부터 뜻밖의 소식이 전해졌다. 인질들의 아우성 가운데에서 채 교수의 목소리가 들려왔다고 했다. 잠시 뒤 철문 아래로 자그마한 종이 한 장이 밀려나왔고, 그 위에 빼곡히 적힌 채 교수의 글씨가 보였다. 자이레와 앙골라를 포함한 스물두 곳, 아프리카 나라의 명단이었다. 그 나라에 물체복제의 영상과, 상세한 기계설계도면, 그리고 자신의 메시지 영상을 어제 오후에 전송했다는 것이다.

치밀한 두뇌 싸움이 아직 끝나지 않았다는 생각과 함께, 뜻밖의 비수가 옆구리를 찌르는 느낌이었다. 예전에 친분을 쌓았던 자이레의 산업부장관에게 연락을 취해보았다. 그 소식은 사실이었다. 채 교수는 추 팀장의 묵인 하에 아프리카 곳곳에 설계도를 뿌려버린 것이다. 누군가에 의해 목이 졸린 듯 의식이 몽롱해졌고, 내가 설계하는 모든 일이 꿈이라는 환각에 사로잡혔다. 출격 준비가 완료되었다는 전언이 들려왔지만, 나는 비몽사몽 제정신이 아니었다. 만약 선우의 전화가 없었더라면 비행기는 출격했으리라. 사린가스는 살포되고 말았고, 자본주의를 지키려는 내 노력은 이어졌으리라. 혹여 나를 기다리는 것이

암흑 같은 무덤이건 감옥의 밀실이건, 차라리 그런 비장한 사건 전개가 나를 더 빛내주었을지 모른다. 그럼에도 그런 아름다운 스토리는 나의 서글픈 상상으로 끝나고 말았다.

그 이튿날 아침 쾌속정에서 내려야 했다. 갈매기가 끼룩거리는 아스팔트 길을 나 혼자 걸어 올랐다. 하늘에 걸린 태양은 끓는 원반처럼 지글거렸으며 바위를 기어오르는 파도는 힘겹게 헐떡였다. 라켓볼 장 앞에 섰을 때 대지로부터 눈을 어른거리게 하는 열기가 솟구치고 있었다. 이 모든 것에는 대기를 잡아당기는 듯 팽팽한 기운이 섞여 있었다. 비틀거리는 걸음으로 다가가는 나를 바라보는 인질들의 눈동자에는 살의가 번뜩였다. 길 언저리에는 피떡으로 변해버린 선우가 주저앉아 있었다.

누군가가 양동이 같은 것을 걷어차며 내게 거친 욕설을 퍼부었다. 그가 걷어찬 것은 갇혀 있을 당시 배설물을 담았던 누런 양동이였다. 인질들의 웅성거림에는 광장을 솟구치게 만드는 그 무언가가 끓어오르고 있었다. 내 무릎은 사람들 앞에 절로 꺾였다. 나는 땅바닥에 엎드린 채 멎어 있었다. 섬에서 가장 높았던 사람이 가장 낮은 자세를 취하자 군중 사이에 술렁임이 일기 시작했다. 물론 내가 이들을 잡아 가둔 것이 잘못된 일은 아니었다. 이들에게 죽음의 재를 뿌리려던 계획도 잘못은 아니었다. 자본주의를 살려내기 위해서라면 더 극심한 행위라도 해야 했다. 그러나 채 교수가 보냈다는 영상 메시지를 확인하는 순간 내 삶은 의미를 잃었고, 스스로에게 부여했던 숭고함은 사라져버렸다. 나는 사정없이 추락하여 동전을 구걸하려 꿇어 엎드린 걸인과 조금도 다를 것 없는 나약한 인간으로 변모해버린 것이다.

사람들을 사로잡은 분노가 조금씩 가라앉기 시작했다. 목숨을 애걸하는 자그마한 존재로 전락한 나를 비웃는 소리마저 들리는 듯했다. 그러나 나를 비웃는 것은 저들만은 아니었다. 나 또한 내 자신을 조소하고 있었다.

"저는 모든 게 믿어지지 않아요. 언론에서 회장님 이야기는 단 한 마디도 언급하지 않거든요."

띄엄띄엄 주차된 차들 사이를 지나치며 선우가 말했다.

"모든 게 약속이야. 그렇게 하기로 했거든."

"아무리 그래도……. 이건 무언가가 부당하지 않습

니까?"

"아냐, 아냐……. 나나 자네나 다 지워질 운명인 거야."

"제가 무슨 대숩니까만…… 회장님께서는……."

"다 운명이라니까."

채 교수는 나에게 쌍둥이 기계를 만드는 일에 조력할 것을 요구했다. 그 대가로 내게는 그 어떤 보복도 하지 않고, 그 어떤 법적인 조치도 취하지 않겠다고 했다. 그것은 일종의 맞교환이었다. 패자는 죽음까지도 받아들여야 한다고 믿었기에, 그런 선선한 대우는 호의처럼 느껴졌다. 나는 이름 없는 조력자로 남기로 하고, 쌍둥이 기계를 만드는 일에 협력하며 한 달 가까이 섬 생활을 더 했던 것이다.

"저깁니다."

선우가 자신의 자동차를 가리켰다. 어느 곳에서나 볼 수 있는 은색 중형차였다. 선우는 마치 직업 운전사처럼 뛰어가더니 자동차의 뒷문을 열어 내가 탈 수 있도록 도와주었다. 선우는 운전석에 올라탄 뒤 어디로 가겠느냐고 물었다. 긴 호흡을 들이켰다. 옛날 같았으면 회사로 가자고 했을 것이다. 그런데 회사는 이미 끝났다. 공손하게 인사를 올렸던 직원들 가운데 혹여 변덕스런 마음에라도 회사에 나올 이가 있다면, 상사에 복종해야 했던 옛 시절을 돌이키며 현재의 해방감을 만끽하기 위해서일 것이다. 자신들의 집무 공간에 아이들의 생일잔치 때나 매달아 놓는 얼룩덜룩한 풍선을 띄워 놓고, 색색의 꽃줄과 리본을 걸어놓은 뒤, 혹여 그 장소에 CEO가 나타난다면 성큼성큼 다가와 손으로 쳐서 CEO의 머리카락을 흐트러뜨리거나, 다리를 걸어 넘어뜨리고 머리에 쓰레기통을 뒤집어씌우는 분풀이를 할지 모른다. 그런 혼란은 나를 힘겹게 할 뿐이었다. 내게 필요한 것은 따스한 손길이었다. 누군가가 내 손을 다정하게 잡아준다면 눈물이라도 쏟을 것 같았다. 나는 집으로 가자고 했다.

2

주차장을 빠져나올 때였다. 차단기가 하늘을 향해 있고 요금정산소는 비어 있었다. 요금정산원이 일을 그만둔 탓 같았다. 세상의 일자리 사다리에서 가장 낮은 직급의

종사자부터 일을 그만둘 것을 예측했기에, 그런 사실이
그다지 놀랍지는 않았다. 차는 공항을 벗어났다. 시내로
연결되는 고가도로로 올라설 때에도 나와 선우는 침묵을
지켰다. 선우는 먼저 이야기를 꺼내지 않는 아랫사람의 직
분에 충실했기에 그런 듯했다. 나는 여행 내내 신경이 곤
두섰던 데다가 선우의 차에 탄 직후부터 밀려든 피로로
침묵하고 있었다.

자동차가 고가도로를 내려왔다. 대기업의 건물들이 밀
집된 '회사 거리'를 지나치고 있었다. 광고회사가 나타났
다. 은행과 증권거래소도 보였다. 이름 모를 여러 건물을
조용히 스쳐 지나갔다. 평소 같았으면 분주했을 시가지
는 한산하기만 했다. 사람들이 사라져버린 거리를 보자
문득 지난날이 뇌리를 스쳤다. 가방을 든 채 이 건물 저
건물 사이를 뛰어다니던 비즈니스맨, 바쁜 일정 속에서 짬
을 내어 커피와 햄버거로 식사를 때우던 직장 간부, 카페
나 레스토랑에 앉아서 상대에게 카탈로그를 펼쳐 보이며
제품 설명에 열을 올리던 영업사원들, 이들은 죄다 어디로
갔을까? 자세히 살피니 거리가 한산한 정도가 아니라 아
예 단 한 사람도 보이지 않았다. 이 번듯한 건물들이 일제

히 가수면 상태에 빠져버린 것 같았다.

길고양이 한 마리가 눈에 띄었다. 고양이는 사람이 사라진 테라스에 거만한 자세로 드러누워 노란 털을 가다듬고 있었다. 고양이의 한가로움은 거대한 건물의 죽음을 더욱 극명하게 강조하고 있었고, 우리가 탄 차는 갖가지 묘비명을 간직한 죽은 건물 사이를 스르르 빠져나가는 느낌이었다. 어디로부턴가 노파 한 사람이 나타났다. 평소 같았으면 전혀 시선을 끌지 않았을 등이 구부러진 할머니였다. 고요한 건물 틈바구니로부터 나타난 할머니는 뒷짐을 진 채 걷고 있었는데, 뒷짐을 진 손에는 커다란 비닐 봉지가 들려 있었다. 쓰레기를 담은 비닐 봉지처럼 보였다. 할머니는 네거리에 이르더니, 비닐 봉지를 잔뜩 잡아당겼다가는 있는 힘껏 허공에 내던졌다. 쓰레기봉지는 가까운 위치의 다른 봉지들 위로 굴러떨어졌고, 그 봉지는 자그마한 쓰레기의 동산 위를 몇 바퀴를 구르다가 멎었다.

평소 같았으면 무심코 시선을 돌렸을지 모른다. 그런데 그 순간 나타난 쓰레기 동산은 사정없이 내 시선을 잡아끌었다. 쾌감을 자극하는 호르몬이 정수리로부터 솟구쳐

두뇌를 흥건히 적시는 느낌이었다. 즐거운 기분에 사로잡혀 무심코 선우의 팔을 잡았다. 선우는 나를 힐끗 돌아보았으나 내 미소의 의미를 알아채지 못하고 어리둥절해 했다. 나는 아무 말도 꺼내지 않고 흡족하게 웃었을 따름이다. 선우는 얼떨떨한 표정으로 잠시 나를 따라 웃더니 고개를 돌려 다시 운전에 몰두했다.

그렇게 해서 우리는 쓰레기 동산으로부터 멀어져갔다. 내면의 흥분이 점차 가라앉을 무렵 또 다른 쓰레기의 산이 나타났다. 이번에는 엄청나게 크고 불결한 쓰레기 더미였다. 형형색색의 비닐봉지가 쌓여 있었다. 그 옆에는 부서진 책꽂이와 속이 뜯긴 소파가 놓여 있었다. 배가 터진 종이상자가 널려 있었고, 상자로부터 쏟아진 종잇조각들이 바람에 나뒹굴어 거리를 더럽혔다. 어느 젊은 여인이 쓰레기 더미로 다가가더니 품에 안은 낡은 전자오븐을 힘껏 팽개쳤다. 오븐은 쓰레기의 능선을 몇 바퀴 구르고선 길바닥 언저리에 멈추었다. 그녀는 손을 털며 뒤로 돌아섰다. 선우도 그 장면을 보았다.

"거리가 왜 이 모양인가?"

나는 아무것도 모르는 듯 물어보았다.

"청소부들이 일을 그만둔 탓 아닐까요?"

"청소부들이?"

"회사원도 그만두고 요금정산원도 그만두는 판이니까요."

선우는 당연하다는 듯 대답했다.

"그 결과가 쓰레기의 산이라……"

나는 즐거운 미소를 띠며 말했다. 선우가 나를 바라보며 싱긋이 웃었는데, 그것은 상대의 분위기를 맞추려는 아랫사람의 공손한 미소였다.

"그래, 그렇겠네. 새 시대가 이렇게 시작되고 있군. 화려한 창조와 함께 엄청난 파괴가 어깨동무를 하고 다가오다니……"

"맞습니다."

선우는 맞장구쳤지만 과연 내 흥겨움의 의미를 알고 있을까? 그가 내 감정을 이해했는지 못 했는지는 알 수 없었지만 나는 즐거웠다. 그런데 내 즐거움이 '정말 기쁘다'거나, '말할 수 없이 기쁜' 것과는 전혀 다른, 서글픈 기쁨이라는 것을 이해할까? 독방에 일평생 갇혀 지내야 하는 절망적인 무기수가 감방 바닥을 기어가는 작은 벌레를 보면 미묘한 흥분을 느낄 것이다. 내가 느낀 기쁨은 바로 그런 종류의, 암흑 같은 절망에 섞인 미세한 감정의 파문이었다. 네거리를 지나칠 때마다 치우지 않은 쓰레기의 산들이 나타났다. 나는 그때마다 웃음을 터뜨렸다. 예전에 보았던 어느 이름 모를 다큐멘터리의 장면이 떠올랐다. 70년대였던가? 영국에서의 대파업 시절이었다. 청소부들이 파업에 돌입하자 거리가 쓰레기로 뒤덮였다. 쓰레기를 파먹는 쥐들이 우글거렸고, 주민들은 악취를 견디다 못해 손수건으로 코를 싸맨 채 거리를 지나다녔다. 그 시절의 불결한 거리 모습이 무한한 부를 기약하는 무한복제 시대에 겹쳐져 진행되고 있었다. 우리가 탄 자동차는 시내의 중심부로 나아가고 있었지만, 어쩌면 아득한 과거를 향해 돌진하는지도 몰랐다. 자동차의 부드러운 진동은 내 가슴을 아련한 고독에 젖게 만들었고, 나는 섬에서의 마지막 나날을 돌이키고 있었다.

채 교수와 나는 오메가가 놓인 실험실에 마주 앉았다. 우리 옆에는 형체를 거의 갖춘 쌍둥이 오메가가 놓여 있었다. 한때는 내 소유의 공간이었던 그곳이 어느새 나를 붙잡아두는 인질의 공간으로 바뀌어 있었다. 비록 나를 가두는 간수도 없고 나를 겨냥하는 총구도 없지만, 나는 사슬에 메인 죄수처럼 그곳에 출근하여 복제기계를 만드는 일을 돕고 있었다. 채 교수는 마치 자신이 실험실의 주인인 듯 태연하게 커피를 내리더니, 나더러 한 잔 들지 않겠냐고 권유했다.

나는 조금은 강요된 기분으로 커피를 입에 댔다. 내 앞에 앉은 채 교수는 눈을 감고 커피의 맛을 음미하고 있었다. 그는 진정한 커피의 애호가였다. 세상에서 이런 맛은 절대 없을 거라며 하얀 수염을 쓰다듬었는데, 그런 그의 모습이야말로 세상을 움직이는 인간의 힘을 느끼게 했다. 채 교수와 반대로, 상대와 눈길을 마주치지 않으려 아래를 내려다보는 내 모습은 비굴하고 처연했을 것이다.

그런 태도 차이는 나와 채 교수 사이의 바뀌어버린 힘 관계를 고스란히 드러내고 있었다. 채 교수는 예전에는 나를 '회장님'이라는 존칭어로 불렀다. 지금은 나를 '이산 회장,'이라고 낮추어 부르고 있었다. 인간이란 위계와 서열에 민감한 동물이다. 채 교수가 나를 '이산 회장'이라고 부를 때마다 날카로운 면도날이 사각사각 피부에 흠집을 내는 느낌이었다. 그럴 때면 예전에 내 앞에서는 함부로 앉지도 못했고, 내 허락이 느껴질 때에야 의자에 앉곤 했던 채 교수의 공손함이 생각났다. 어느새 상황은 바뀌어 있었다. 그는 내 앞에 다리를 꼬고 앉아 커피를 홀짝였고, 나는 다리를 모은 채 얌전히 커피를 들이켜고 있었다.

잠시의 침묵 끝에 채 교수가 백화점을 세울 계획이라고 내게 말했다. 그것은 자신의 주장은 아니며 유엔 전문가의 계획이라고 덧붙였다. 기가 막혔다. 19세기에 첫 백화점이 등장한 이래 세상의 모든 백화점은 성공한 사람들의 쇼핑 장소였다. 최상의 건축가가 공을 들여 디자인했으며, 최상의 사업가가 골몰하여 물품을 공급하던 곳이었다. 그런데 일개 공무원 따위가 이를 만들겠다니……. 채 교수는 내 답답함을 파악하지 못한 듯 이어나갔다. 백화점이란 이름만 백화점일 뿐 물건을 거래하는 곳은 아니라고 했다. 백화점에는 수많은 물자와 여러 대의 오메가가 비치되어, 고객이 원하는 물품이면 그 어떤 종류든 복제해줄 장소라고 했다. 그는 그 같은 공급기지가 인류가 모여 사는 곳이면 어디든 들어설 터이니, 이제 그 누구건 돈 한 푼 들이지 않고 원하는 물건을 가져갈 거라고 했다.

"그렇게 해서…… 모두가 부자인 세상이 오겠습니다."

내가 냉소 섞인 어조로 대꾸했다.

"인류 역사상 처음 있는 일 아닙니까. 앞으로는 공장이건, 회사건, 마트건, 상품과 관련된 업종은 죄다 문을 닫을 테니까, 이건 변화가 아니라 일대 혁명이라 해야죠."

채 교수는 넘치는 활력을 자제하지 못해 내 앞에 주먹을 불끈 쥐어 보였다. 그 순간 서구에서 형성되었다가 금방 힘을 잃어버린 〈재산권 연대〉가 생각났다. 〈재산권 연대〉는 세계적인 기업가가 중심이 되어 결성된 단체였다. 섬에서 '무한복제 시대'를 선언하는 방송이 있자, 서구의 기업가들이 곧바로 대응에 나섰다. 같은 날 저녁 전 세계에 방영된 공중파 방송에서, 세계부호 1위부터 7위까지 다원방송으로 출연했다. 이들은 바로 그날 아침에 방영된 '무한복제 선언'이야말로 소유권과 재산권 질서를 엉망으로 만들려는 기도라며, 세상이 무정부 상태로 타락하는 것을 막기 위해 총력을 기울일 것을 선언했다. 이를 바라보는 민 박사와 손 교수의 표정이 하얗게 질려버렸다. 그들은 섬에 핵무기라도 떨어지는 것은 아닐까 염려

하고 있었다. 보안팀원들 또한 갈피를 못 잡고 안절부절 못하기는 마찬가지였다. 추 팀장은 섬을 탈출할 궁리까지 하며 심약하게 굴었다.

그 이튿날 방송 카메라 앞에 채 교수가 다시 섰다. 그는 〈재산권 연대〉는 모두가 함께 잘 사는 세상을 막는 움직임이라며 즉각 해체되어야 한다고 주장했다. 그는 〈재산권 연대〉의 방해에도 굴하지 않고 무한복제 세상을 펼쳐나갈 것이라고 선언하며, 이와 함께 하나의 투쟁방법을 천명했다. 오랫동안 기업가의 수족 노릇을 하며 살아온 직원들, 비서들, 운전수들이 CEO의 지시에 거역하라는 호소문을 발표했다. 채 교수의 호소는 위계 사다리의 낮은 곳에 위치한 이들의 가슴에 뜨거운 불길을 일으켰다. 아디스아바바나 하르툼 같은 가난한 지역에서는 대규모 군중 시위가 일어나서 채 교수의 호소에 즉각 호응했다. 선진국에서는 기업가의 자가용 운전사가 태업에 돌입하였으며, 기업가의 비서가 기업가를 엉터리 약속장소로 인도하거나, 방송사에 가짜 방송약속을 잡아서 기업가의 이미지에 타격을 가했다.

정말이지 기업가란 늘 다른 누군가의 도움 위에 호령해

온 존재였다. 그의 아랫사람이 반기를 들자, 기업가는 그 어떤 공동의 약속도 잡을 수 없었거니와, 가짜 약속에 속거나, 설령 약속을 잡았다 하더라도 그 장소로 이동조차 하지 못하는 앉은뱅이 신세였다. 〈재산권 보호 연대〉는 결성된 지 불과 사나흘 만에 소리소문없이 흐지부지되고 말았다. 나의 패배는 겹겹으로 가중되었고 채 교수의 승리는 확연하게 빛났다. 섬의 곳곳을 활보하는 그에게는 영광의 광휘가 둘러쳐진 듯했다.

"그동안 회사가 많은 역할을 해왔습니다. 이제는 그 시대가 끝나는 것 같습니다. 회사의 석양이 온 겁니다."

채 교수가 잔을 기울이며 단언했다. 나는 결코 그런 미래를 그려본 적이 없다. 회사는 영원한 젊음의 피가 약동하는 곳이며 결코 저물지 않는 태양이라고 믿었다. 지금 내 눈앞에서 벌어지는 변화는 도무지 현실이라 할 수 없는 악몽이자 거짓이다.

"인류가 만든 것 가운데 회사만큼 멋진 것도 없죠." 채 교수는 커피를 음미하며 혼잣말이라도 하듯 이어나갔다. "참으로 많은 일을 해냈습니다. 그런데 회사가 만들어낸 것 가운데 가장 위대한 것이 바로 오메가죠. 그러니까 회사는 맨 마지막에 가장 숭고한 오메가를 낳고…… 장렬하게 사망한 겁니다."

지금 내 앞에 앉은 채 교수는 과연 어떤 종류의 인간인가? 과학자인가? 사회개혁가인가? 생각해보면 오메가를 만든 사람은 나와 채 교수였다. 결국 우리 둘이 합작하여 인간 사회의 '위아래'를 무너뜨렸으며, 우리 둘이 합작하여 '소유'를 무의미한 것으로 만들었다. 앞으로는 '화폐'나 '시장'처럼 인류가 오랫동안 공들여왔던 소중한 질서마저 허물어뜨릴 터이니, 과연 그 끝이 어디일지는 상상으로도 머리가 아파 왔다. 채 교수는 내 내면의 절망을 엿본 듯했지만, 자신을 사로잡은 활력과 기대감이 너무 큰 탓에 다정한 얼굴로 다가앉았다.

"이게 나 혼자의 생각일까요?"

채 교수가 넌지시 물어왔다.

"나는 오래전부터 가끔 이런 생각을 해보았습니다. 이산 회장하고 나하고는 비슷한 점이 꽤나 많다는 느낌……. 어떤 면에서는 정신적인 쌍둥이 같다고나 할까……. 혹시 이산 회장은 그런 느낌을 품어본 적이 없습니까?"

나는 힐끗 그를 보았다. 그리고선 시선을 내리깔았다. 나는 침묵을 지켰지만 그의 이야기에는 수긍하고 있었다. 나와 채 교수는 세상에 강력한 영향을 끼칠 힘을 간직했다는 점에서 제법 비슷했다. 자신이 구상한 계획을 실현해내기 위해서라면 물불을 가리지 않는 담대함 또한 비슷했다. 채 교수는 오메가를 만들자 만천하에 그 기계를 뿌려버릴 뜻밖의 계획을 세웠다. 나는 내 계획이 어그러지자 섬사람 전체를 가두어 대량 학살할 계획을 세웠다. 그래서 그가 나와 쌍둥이처럼 닮았다고 말할 때 무언가 폐부를 찌르는 듯했다. 그런데 바로 그 순간 채 교수는 나와 엇비슷한 생각의 궤적을 밟고 있었던 듯 라켓볼 장의 일을 회상했다.

"비좁은 공간에서 보냈던 이틀이 아직도 기억에 생생합니다. 가끔 그때의 악몽을 꾸곤 하죠." 채 교수는 커피잔을 내려놓으며 그때를 회상하는 듯한 표정을 지었다. "추위에 떨며 치통을 견뎌야 했습니다. 이가 아파서 한순간도 눈을 붙일 수 없었죠. 두렵기도 했고요……."

나는 못 들은 척 눈을 내리깔았다.

"그런데 아십니까? 나는 이산 회장을 원망하진 않습니다. 뭐랄까……? 이산 회장의 스타일이라면 충분히 그럴 만하다는 생각이 들었던 겁니다. 그래서인지 남은 감정도, 그 어떤 찌꺼기도 없습니다."

채 교수가 손에 들린 스푼을 어루만지며 웃었다. 그래, 웃어라. 이젠 섬의 주인은 당신이니까. 나는 할 말을 잃어버린 포로다. 그토록 전락해버린 내게 그 어떤 뒤끝도, 혐오감도 느끼지 않는다는 당신의 이야기는, 단지 승자의 거만한 아량일 뿐이다.

"그러나 정말 놀랄 일은 그 이후에 벌어졌습니다."

채 교수는 바싹 몸을 기울이더니 침착한 시선으로 나를 응시했다.

"이산 회장은 홀로 부두에 내렸습니다. 쓸쓸한 발걸음을 옮겨 라켓볼 장엘 걸어왔습니다. 광장 한가운데에서, 그 많은 사람들 앞에서, 그대로 꿇어 엎드렸지요. 그 순간을 생각하면……."

채 교수는 놀랍다는 미소를 지으며 고개를 설레설레 저었다. 나는 눈을 감았다. 지금도 그 순간이 생생하다. 콘크리트 바닥은 까슬까슬 턱을 찔렀다. 매캐하게 이는 먼지가 숨을 막히게 했다. 이틀 동안 라켓볼 장에 갇혔던 인질들의 분노에 찬 웅성거림이 귓전에 맴돌았다. 잠시 뒤 내 시선에 나타난 것은 파란 슬리퍼를 걸친 가느다란 맨발이었다. 엄지발가락의 뼈가 튀어나온 발등에는 염소의 수염을 닮은 기다란 흰 털이 자라 있었다. 그 발의 주인이 내 어깨를 붙잡더니 나를 일으켜 세웠다. 바로 속옷 차림의 채 교수였다. 그는 내 어깨를 붙잡고선 가증스러워하는 것 같기도 하고 안쓰러워하는 것 같기도 한 잔잔한 시선으로 나를 바라보았다.

"소설 『죄와 벌』을 아십니까?"

물론이다. 왜 그걸 묻는가?

"주인공 라스콜리니코프는 러시아의 어느 광장에서 무릎을 꿇고 땅바닥에 입맞춤을 했습니다. 오이디푸스도 마찬가지였어요. 테베의 신전 앞에서 장님 오이디푸스가 털썩 꿇어앉아 땅에 엎드렸습니다." 채 교수는 커피잔을 쓰다듬으며 회상에 잠긴 표정을 지었다. "뭐랄까……? 라켓볼 장 앞에 엎드린 이산 회장을 보는 순간, 나는 그 두 사람이 떠올랐습니다."

과학자이면서 예술이나 문학에 조예가 깊은 채 교수의

사유 스타일 또한 나와 닮았다. 그래서 우리는 진정 정신적인 쌍둥이일지 모른다. 그러나 그는 천상에서 유희하고 있다. 나는 지옥에서 신음하고 있고.

"그래서…… 무슨 말씀을 하시고 싶은 건지……?"

나는 낮은 자의 조심스런 자세로 물었다. 채 교수는 수염을 쓰다듬더니 더욱 바싹 다가앉았다. 그는 캐묻는 눈빛으로 바뀌었다.

"라스콜리니코프나 오이디푸스가 땅에 입을 맞춘 것은 바로 그들 삶의 동기가 바뀌었다는 징표입니다. 라스콜리니코프는 살인을 속죄하고 자수하겠다는 뜻에서 땅에 입을 맞추었던 겁니다. 오이디푸스는 아버지를 죽이고 어머니와 결혼했던 자신의 과거를 후회한다는 의미에서였죠. ……내가 묻고 싶은 게 바로 그 점입니다. 이산 회장도 땅에 쓰러진 바로 그 순간, 그 어떤 중대한 내면의 변화를 겪지 않았습니까?"

채 교수의 어휘는 예리한 바늘이 되어 가슴을 후비고 들어오는 느낌이었다. 화가 났다. 이미 항복해버린 나에게 항복의 심경을 토로하라는 것인가. 그런데 나를 찌른 것은 그냥 바늘이 아니었다. 그것은 죽은 곤충을 꿰뚫어

표본상자에 고정시키는 압착용 바늘이었다. 나는 죽어버린 인물이다. 가슴이 뚫렸지만 버르적거릴 수도 없고, 고통의 비명조차 내지를 수 없는 존재다. 분노 가운데 꼼짝하지 못하며, 괴로움의 소용돌이 속으로 침잠할 수밖에 없다. 그래, 내면의 변화라. 과연 그것을 겪었느냐. 섬사람 앞에 무릎을 꿇었을 때 오직 한 사람, 내가 조금도 미안하지 않았던 인물이 있다. 그것은 바로 채 교수 당신이다. 당신은 진즉 죽었어야 한다. 그때가 언제였을까? 나는 수십 차례, 아니 수백 차례 생각하고 다시 생각해보았다. 바로 민 박사와 손 교수에 대한 설득이 벌어졌던 토론 직후였다. 나는 그 실험실 인근에 조용히 잠입해 당신이 나오기를 기다렸어야 했다. 그 컴컴한 새벽, 당신의 뒤를 따라가서 섬의 오솔길을 걷다가는, 적당한 시점에 당신의 목을 졸라서건, 아니면 쇠뭉치로 두개골을 내려쳐서건, 그 자리에서 즉사시켰어야 했다. 그랬더라면 지금과 같은 악몽이 현실화 되지 않았겠지. 내 손에 끝날 운명이었던 당신이 지금 기고만장한 승자가 되어 주둥이를 나불거리다니……

"내가 안타까운 것이 무엇인지 아십니까? 바로 이산 회장에게 느껴지는 슬픔입니다."

그는 거만하게도 한 손으로 내 팔을 어루만지며 나를 또렷이 응시했다.

"물론 이산 회장의 슬픔이야 이해합니다. 엘파이의 성공이 삶의 목적이었겠죠. 정말이지, 그 기계로 세상을 바꿔내려는 야심이 얼마나 원대했을까요. 그런데 저 기계가 너무 뛰어났던 겁니다. 알껍데기를 깨고 세상 밖으로 나와야 지금처럼 더 거대한 운명을 맞이할 수 있었던 겁니다."

채 교수의 눈동자가 나를 빨아들일 듯 커졌다. 하나 인정할 점도 있긴 하다. 당신의 엄청난 정신력. 라켓볼 장 내부에 감금되었던 순간 당신은 놀라운 카리스마를 발휘하기 시작했다. 세상에 무한복제기계를 뿌려야 한다는 것과, 그 일을 위해 합심할 것을 인질들에게 설득했으리라. 라켓볼 장을 나온 뒤 인질들의 적개심은 하늘을 찌를 듯했지만 아무도 내게 손을 대지는 않았다. 섬에서 있었던 모든 일을 함구하겠다는 107장의 서약서를 인질로부터 받아내 지금 당신 책상 속에 보관하고 있겠지. 그 서약서는 나의 목숨을 구해낸 문서이기도 하지만, 나를 옴짝달싹 못하도록 꿰뚫어버린 표본상자의 압착 바늘이기도

하다.

"이산 회장, 두 눈을 똑바로 뜨고 나를 보아요. 우리는 지난 10년 내내 합심해서 일했습니다. 지금 이 순간에도 함께 일하고 있습니다. 그런데 나는 희망에 차 있습니다. 당신은 슬픔에 잠겨 있습니다. 왜 이래야 합니까? 내가 바라는 게 무언지 알아요? 그건 진심에서 기인하는 협력입니다." 그가 눈을 크게 뜨며 간절히 호소하듯 자신의 가슴을 집었다. "우리가 함께 힘을 합한다면 얼마나 멋진 미래를 열어나갈 수 있을까요? 바로 이산 회장의 삶의 동기인, 세상의 '놀라운 변화'가 가능하지 않을까요? 그토록 가슴 벅찬 기여가 앞에 있는데, 풀이 죽어 있다니……. 전혀 이산 회장답지 않아요."

나를 뚫어져라 바라보는 채 교수의 눈빛에는 그의 주장과도 같은 '진정성'이 깃들어 있었다. 돌이켜보면 그런 그의 제안이 그다지 이상한 일은 아니었다. 역사의 사례에서, 혹은 『삼국지』 같은 소설에서, 패배한 적의 장수를 자기편으로 끌어들이려는 주인공이 여럿 나오지 않던가. 채 교수는 세상을 바꿀 힘을 강화시키기 위해서라면, 나까지 자신의 편으로 끌어들여야 한다고 믿는 듯했다. 나는 모호한 미소를 머금은 채 생각에 잠겼다. 내가 채 교수와 같은 편에 선다, 그래서 무한복제 세상을 설계하고 꾸려나가는 일에 협조한다, 그것은 내가 믿고 살아온 신념을 무너뜨리는 일이었다. 내 팔과 다리를 잘라서 뒤죽박죽으로 붙인 뒤, 몸통과 내장을 뒤집어 도무지 형체를 알 수 없는 괴물로 만드는 일이었다.

"아십니까?"

내가 떨리는 목소리로 입을 열었다.

"지금 채 교수가 요구하는 것은 한 인간의 결코 바꿀 수 없고, 바꿔서도 안 되는 신념에 관한 이야기라는 것을……? 양심수는 자신의 신념 때문에 감옥생활을 자처한 인간입니다. 양심수에게 신념을 바꾸라고 요구하는 것은 절대로 건드려서 안 되는 가장 민감한 부분을 건드리는 일입니다."

내가 분노를 씹어서 내뱉듯 조곤조곤 말하자 채 교수가 놀란 표정으로 바뀌었다.

"신념이라니……. 우리가 그토록 대립하고 있단 말입니까?"

그가 무슨 말인가를 이어나가려다 입을 다무는 순간이

었다. 나는 채 교수와 물러설 수 없는 외나무다리에 마주

선 것을 느꼈다. 바로 이 지점이다. 우리는 많은 부분에서

닮았다. 그러나 각자가 품은 유토피아가 정반대의 모습

이라는 사실에서 극과 극이다. 채 교수의 유토피아가 하

루아침에 만들어진 것이 아니듯, 나의 유토피아 또한 평

생에 걸쳐 가다듬어진 것이기에 그것은 결코 무너뜨릴 수

없는 내 집념이자 분신이었다.

"당신은 모두가 자유로운 세상을 만들고 싶지요?"

내가 채 교수에게 묻자, 그는 정곡을 짚었다는 표정으

로 나를 똑바로 응시했다.

"위아래도 없고, 명령이나 지시도 없는 평등한 세상을

만들고 싶고요?"

나의 잇따른 질문에 채 교수는 수긍하는 듯 진정성이

담긴 눈빛으로 입술을 굳게 다물었다.

"모두가 자유롭고 모두가 평등하다……. 과연 그런 세

상이 가능할 거라고 믿습니까?"

나는 슬퍼졌다. 완벽하게 상반된 유토피아를 품었기에

함께 하기에는 욕지기가 치미는 대척자와 이런 이야기를

나눈다는 사실이 믿어지지 않았다. 고등학생 시절에 읽었

던 소설이 생각났다. 『멋진 신세계』에서는 사이프러스라는 이름의 가상의 섬나라가 나온다. 그곳에는 알파 플러스들만이 모여 산다. 하나같이 똑똑하고 재능이 넘치는 그들은 자신의 삶에 조금도 만족하지 못한다. 그들이 괴로워하는 것은 명령하고, 일을 시키고, 부려먹을 감마나 델타 계급이 존재하지 않는 사이프러스 섬의 현실이다. 결국 알파 플러스는 다른 알파 플러스를 노예로 삼으려 피비린내 나는 전쟁에 돌입하고, 섬 전체는 피로 물들어 전체 인구의 80퍼센트가 학살당하고 만다. 피지배계급이 없는 사회를 만들려던 세상의 '붉은 깃발'이 던진 교훈이란 과연 어떤 것인가. 위아래가 사라진 사회는 멋진 신세계가 아니며, 지옥과도 같아서 끝없는 아귀다툼을 벌일 수밖에 없다는 진실 아닐까. 인간은 야수를 품은 존재다. 그 야수성을 길들여 죽음을 불사하는 전쟁으로 치닫지 않도록 순화시킨 것은 오직 '회사'뿐이었다. 회사야말로 지배와 명령이 횡행하는 곳이다. 그럼에도 살육과 파괴는 존재하지 않는다. 회사를 없애버린 무한복제 세상이란 과연 어떤 형상일까? 유엔 관리가 설계를 한다는 그곳은 혹여 다시 동물적인 파괴와 살상이 횡행하는 야수들의 세상이 아닐까?

"채 교수, 한 가지만 물어봅시다. 지금 이 실험실의 모습을……. 이 섬에서 청소부 같은 낮은 직급의 사람은 어디 있습니까?"

실험실 곳곳에는 빈 종이컵이 널려 있고 쓰레기가 넘쳐났다. 채 교수는 내 이야기에 충격을 받은 듯했다. 무언가를 부인하고픈 심리로 이마가 찡그려졌지만 아무런 대꾸도 하지 못하고 있었다.

"모두 보석을 챙겨 떠나지 않았습니까." 잠시 입이 말랐다. 내 어조가 긴박해지는 것을 느끼며 이어나갔다. "청소부는 사라졌습니다. 세상 곳곳의 청소부가 죄다 사라질 겁니다. 인위적으로, 완전히 인위적으로, 높은 자와 낮은 자 사이의 차이를 없애버린 곳에는……, 그곳에서는 상상조차 할 수 없는 일이 벌어질지 모릅니다."

채 교수는 고개를 흔들며 애써 내 말을 부인했다. 그럼에도 그의 눈빛에는 불안의 그림자가 드리웠다. 그는 허를 찔린 것이다. 그와 반대로 나는 고요한 미소를 띤 채 허공을 응시하고 있었다. 앞날을 바라보는 예언자처럼.

3

집에 도착했을 때는 어둠이 내려앉은 시각이었다. 사위는 고요하기만 했다. 풀벌레가 우는 숲 한가운데 저택이 보였다. 초저녁의 어둠 가운데에서 건물은 추상적인 다면체의 형태를 띠고 있었다. 걸음을 내딛자 길바닥의 밤톨이 바삭거리는 소리가 들렸다. 나는 선우에게 같이 들어가서 식사라도 함께하는 것이 어떻겠냐고 권유했다. 선우는 고맙지만 그냥 가겠다고 대답했다. 모처럼 갖는 가족끼리의 시간을 방해하고 싶지 않다는 것이었다.

나는 선우에게 다시 요청하진 않았다. 그 대신 엉뚱하게도, 혹시 내가 와달라고 하면 다시 와줄 수 있는지를 물었다. 아마도 인연이 깊다고 믿었던 사람들이 영영 멀어지거나, 서로의 궤도에서 벗어나서 완전히 빗겨가는, 하루 앞을 내다볼 수 없는 세상이 왔다고 믿었기에 그랬으리라. 선우는 물론 그러겠다고 대답했다. 이젠 새털처럼 많은 게 시간 아닙니까. 사람을 만날 시간, 사랑할 시간, 우정을 나눌 시간…….

선우의 답변에는 가슴을 찌르는 그 무엇인가가 담겨

있었다. 선우가 나를 자극하려 그런 말을 내뱉은 것은 아니며, 솔직한 그만의 정서를 담고 싶었으리라. 그런데 그의 답변에는 무한복제의 시대를 맞이하는 순백한 그 무엇이 담겨 있었다. 생각해보면, 선우는 원래 남과 경쟁하거나 남에게 영향력을 행사하는 것에서 기쁨을 누릴 위인은 아니었다. 그렇기에 그런 지배나 경쟁이라곤 아예 사라져버린 새 시대에, 진정 무한하게 펼쳐진 시간을 기꺼워하고 있는지 몰랐다. 이와 아울러 나는 선우가 현재 회사를 그만두고 특별하게 하는 일이 없는 처지인 것을 생각해보았다. 이미 지나버린 시대에는, 한 사람은 그가 종사하는 일의 종류와, 그 대가로 지불되는 돈의 많고 적음을 통해서 사회적 쓸모가 판가름되었다. 돈을 잘 버는 사람은 높은 품격을 간직했으며, 살아가는 자세도 진취적이라고 평가되곤 했다. 일을 하지 않는 사람은, 남 앞에 주장할 자아를 갖지 못했거나, 사회적 가치로 환산될 그 어떤 품격도 지니지 못한다고 치부되기 일쑤였다.

어느덧 시대가 바뀌었다. 하는 일이 아예 없는 사람이 많아질 듯했다. 새로운 시대에는 어떤 일에 종사하는지를 묻는 것 자체가 별다른 의미를 지니지 못할지 모른다. 그러나 나는 어떨까? 아무런 일도 하지 않는 나 자신이 용납될까? 남들은 몰라도, 나 자신이 그런 나 스스로를 용납할 수 없을 것 같았다. 타인에게 커다란 영향력을 행사했던 과거의 내 그림자는 너무 컸고, 이제 한 사람의 실존으로 변모해버린 내 자신은 난쟁이처럼 작아져서, 현재의 내가 과거의 그림자 속에 파묻혀버린 것이다. 나는 손을 흔들어 선우를 배웅했다.

뒤로 돌아서자 정원 입구의 거대한 대문이 나를 맞이했다. 내가 오는 날이면 관리인이 대문까지 나와서 나를 맞이하곤 했다. 대문 옆에 설치된 초인종을 눌러보았다. 아무런 응답이 없었다. 공항에 도착하여 루나에게 집에 도착할 시각을 알려주었고, 거의 제 시각에 도착했음에도 배웅하는 이가 나타나지 않았음은, 집안에 그 어떤 불길한 일이 벌어지고 있음을 예감하게 했다. 철문을 밀자 스르르 열렸다.

정원은 평소에는 넓고 아름다운 잔디밭이 산뜻하게 다듬어져 있었다. 대문에서 저택에 이르는 포석 옆에 아기자기한 꽃들이 늘어서서 아름다운 저택의 분위기를 돋우곤 했다. 그런데 정원이 변해 있었다. 늘 싱싱하고 화사했던 꽃들은 자취를 감추었고 잡풀만이 무성하게 뻗어 있었다. 걸음을 옮기자 포석을 침범한 풀줄기가 가느다란 실뱀처럼 발목에 감겼다. 벌판 저편에 관리인의 사옥이 보였다. 가까이 다가가 보니 불이 꺼져 있었다. 그곳에 기거하던 관리인의 가족이 떠나버린 모양이었다. 수풀에 가려진 포석을 찾아서 발걸음을 옮겼다.

이윽고 2층으로 된 거대한 집의 출입문에 이르렀다. 출입문 바로 옆에 쓰레기를 담아둔 비닐봉지가 수십 개 쌓여 있었다. 내 집도 쓰레기더미로부터 자유로울 수 없다고 생각하자 불현듯 분노가 치밀었다. 현관문을 밀자 문이 열렸다. 손님을 맞이하는 작은 공간이 나타났다. 친절한 집사가 손님을 맞이하여 내실로 안내하곤 했던 그곳에는, 평소의 향수 냄새는 느껴지지 않았다. 마루에 발을 딛자 자잘한 모기떼 같은 먼지가 일며 코를 쏘아댔다. 환기가 안 된 탓일까, 의아해하며 바닥을 살피니 먼지 한가운데로 허연 발자국이 찍혀 있는 게, 오랫동안 청소를 하지 않으며 최소한의 이동만 해왔던 것 같았다.

대기실을 나서자 높다란 천장이 펼쳐진 거대한 거실이 나타났다. 벽에는 잘 장정된 책들이 진열된 책꽂이가 있고, 그 곁에는 국내 최고의 화가가 손수 그려준 가족의 대형 초상화가 걸려 있었다. 거실 맞은편에는 사람 키 크기의 중국제 청동 군인상이 서 있었는데 실내는 조용하다기보다는 적막했다. 거실은 왼편으로 휘었다. 울창한 숲이 바라보이는 커다란 유리로 된 전망 좋은 공간이 나타났다. 내실이었다. 소파 주변에 식구들이 모여 있었다. 인기척을 깨닫고 루나와 하니, 이모까지, 세 사람이 자리에 우뚝 서 있었다.

　루나는 창백해 보였다. 그녀는 연초록 드레스에 쌓인 길고 날씬한 손을 내밀어 손짓했다. 그 어떤 인사말인가를 내뱉을 듯했지만 입술만 달싹였을 뿐 아무 말도 꺼내지 않았다. 이모의 손길 아래 서 있는 하니는 지난 한 달 사이에 훌쩍 커버렸다. 키도 컸지만 그보다는 얼굴 표정이 풍부해졌다. 내 시선은 루나의 하얀 얼굴에 고정되었다. 그녀의 아름다움에 새삼 놀랐다. 그녀의 미모야 결혼 전부터 주변 사람들의 경탄을 자아냈지만 이젠 결혼한 지 7년이 흘러 내 눈엔 제법 익었다고 믿었다. 젊은 시절에는 예뻤던 여자가 나이 들며 성숙미라는 부가적인 매력을 갖는 사실은 잘 알려져 있다. 그것은 나이를 거스르는 경이로운 현상일 것이다. 그러나 오랫동안 함께 산 사람이 결코 느낄 수 없는 매력이다. 따라서 지금 이 순간 내가 느낀 루나의 아름다움은 성숙미와는 다른 종류일 것이다. 어쩌면 세상의 다른 여자들이 내게는 존재의 이유를 상실해버렸으며, 앞으로 내가 매혹될 존재라고는 오직 루나뿐이기에 그랬는지 모른다. 마치 루나의 얼굴로부터 빛이 뿜어 나오는 듯했고, 그 빛 앞에서 나는 경이로운 충격을 느꼈다.

이모가 고개를 살짝 숙였다. "회장님 오셨어요?" 하고 나지막하게 인사했다. 이모는 하니의 귀에 대고, "하니야, 아빠 오셨어. 어서 인사드려야지. 어서," 하고 속삭였다. 지독하게 내성적인 하니는 이모의 이야기를 못 들은 척, 손으로 자꾸 이모의 옷소매를 잡아 늘어뜨렸다. 그런 손동작은 고집스러워 보였지만 조금도 밉지 않았다. 아이 내면의 슬픔과 불안이 느껴져서 안쓰러울 따름이었다.

"얘가 왜 이래……. 하니야, 아빠 오셨잖아," 이모가 하니를 말리며 나지막하게 속삭였다. 내가 "이리 온!" 하고 두 손을 벌리자 아이는 이모의 눈치를 살폈다. 이모는 "어서 가야지," 하고선 아이를 슬쩍 밀었다. 그제야 아이는 주저하며 내게 다가왔다. 내 앞에 선 아이는 여전히 겁에 질린 얼굴로 내 눈치를 슬금슬금 살폈다. 내 사랑스런 아이가 겁에 질려 떨고 있다니! 도대체 왜? 사라진 관리인 때문에? 정원사? 찬모? 그 누구라고 특정할 순 없지만, 집을 황폐화시키고 아이를 겁먹게 만든 비정한 인간에 대한 분노와 울분이 솟구쳤다. 아이는 여전히 겁먹은 표정으로 나를 바라보고 있었다.

나는 하니를 힘껏 끌어안았다. 격렬한 포옹에 아이가 놀라 나를 밀어냈다. 그 몸짓에는 지난 몇 주 동안 아이를 시달리게 했을 그 어떤 두려움이 묻어 있었다. 내 분신인 내 아이조차 제대로 안을 수도 없다면, 나는 아이의 아빠도 아니라는 비감한 심정에, 하니가 거칠게 몸부림칠 때까지 꼭 끌어안았다. 마침내 아이를 내려놓자 하니는 울음을 터뜨리며 이모에게 달려갔다.

내 시선은 식당으로 연결된 통로에로 향했다. 청소와 가사를 담당하는 단정한 에이프런 차림의 아주머니 두어 사람이 공손하게 손을 모은 채 대기하던 장소였다. 그곳이 썰렁하게 비어 있었다. 별채가 따로 있고 방만 열네 개에 이르는 이 저택에 루나와 하니, 이모, 셋만이 남아서 나를 기다렸던 것이다.

4

　식사 준비는 이모가 했다. 저녁 요리는 단출하다기보다
는 무언가가 부족했다. 가짓수도 적고 입맛에도 맞지 않
았다. 음식이 소홀해서 미안하다고 이모는 말했으나 의
례적으로 던진 말처럼 들렸다. 그녀는 애당초 요리 솜씨
를 보고 뽑은 사람이 아니었거니와, 찬모들이 그만둔 자
리를 대신할 책임도 없었기에 부엌일을 할 의무는 없었다.
그럼에도 이모는 저녁 준비뿐 아니라 설거지까지 다 했다.
나와 루나는 이모가 일하는 모습을 지켜보기만 했다.
　나는 아직 남을 부리는 습관을 떨치지 못했다. 루나 또
한 꾹 참고 이모를 견뎠다. 내가 잠자코 있는 것보다는
루나가 상황을 견디기가 훨씬 어려웠을 것이다. 그녀는
평소 아랫사람들이 책임감이 약하다고 자주 불평하곤 했
다. 틈이 나면 화초에 물 주는 일을 간섭하거나, 침대 시
트의 정돈 상태를 나무라기도 했다. 집안의 모든 분위기

가 질서 있게 정돈되어야 한다는 게 그녀의 지론이었다. 그럼에도 현재처럼 어수선한 상황에서 이모에게 단 한 마디의 참견도 하지 않고 견디는 것은 루나 나름의 인내가 작동해서였다. 이모 또한 그런 사정을 깨닫고선 잠자코 그릇을 치웠다.

무한복제기계는 아직 이 땅에 들어오지 않았다. 그럼에도 세상은 바뀌었다. 윗사람 아랫사람 하는 구분은 사라졌다. 이모 또한 자신이 더이상 아랫사람이 아니라는 사실을 잘 알고 있었다. 그래서 그녀의 태도에는 절제된 느낌은 있었으되 공손함은 사라졌으며, 때로는 당차거나 당돌한 기색마저 감돌았다. 그런 당당함은 그녀 스스로가 하니를 위해 대가 없는 노력을 베풀고 있다는 자신감에서 기인하는 듯했다. 이모는 식기세척기를 돌리며 콧노래까지 흥얼거렸는데, 네 식구 가운데에서 오직 그녀 혼자 내면의 기쁨을 억누르는 게 분명했다.

식사 시간과 그에 이어지는 저녁 시간 내내 무한복제기계 이야기는 꺼내지 않았다. 바뀐 세상의 이야기도 나누지 않았다. 이는 단지 이모가 절망에 빠진 주인과 안주인을 배려해서 그러는 것만은 아니었다. 하니가 함께 있는 자리에서는, 그 어떤 일이 있어도 아이를 괴롭힐 이야기를 꺼내서는 안 된다는 묵계가 흐르고 있었고, 그것은 오직 하니를 아끼는 마음에서 기인하는 애틋함이었다.

그날 저녁 늦은 시각이었다. 이모는 "이제 자야지? 이모랑 자러 갈까?" 하고선 하니를 재우려 2층으로 데려갔다. 나와 루나는 거실 소파에 앉아 침묵을 지키고 있었다. 나는 그 어떤 다정한 이야기라도 꺼내 아내를 편안하게 해주고 싶었지만 떠오르는 말은 없었다. 나의 아득함 저편에서, 서글픈 시선을 정원에 던지고 있는 루나의 얼굴은 대리석 조각 같았다. 베르메르가 그려낸 우수에 깃든 젊은 여인이 저렇게 아름답지 않을까 하는 생각마저 들었다. 무한복제 시대가 그 많던 직원과 관리인, 정원사, 찬모까지 빼앗아갔지만, 세상의 그 누구도 베르메르의 여인으로부터 아름다움을 빼앗아갈 수는 없을 것 같았다. 마찬가지로 그 어떤 일이 있어도, 나는 내 사랑스런 루나를 빼앗길 수 없다는 다짐을 하자 문득 손아귀에 힘이 느껴졌다.

이런 각오 가운데에서 가느다란 빛줄기 같은 욕망이 다시 솟는 것을 느꼈다. 지난 한 달 내내 나를 괴롭힌 것은 욕망의 상실이었다. 할 일이 없는 삶, 의욕도 사라지고 냉소로 일관된 삶, 그것은 비루함 자체였다. 새로운 세상의 그늘을 찾아다니며 음습한 관찰로 하루하루를 지탱했을 뿐, 순간순간 이런 삶을 왜 살아야 하나, 하는 절망감에 시달리곤 했다. 그런데 루나가 있었다. 아름다운 여인과 사랑스런 아이하고, 일상에서의 행복을 누리는 일은 예전에는 전혀 생각해 보지 못했던 기쁨일 텐데, 어쩌면 이런 소소한 즐거움이야말로 삶을 유지할 가치 있는 일은 아닐까 싶었다.

"위로가 되어드리지 못해서 미안해요. 얼마나 어려움이 많았어요?"

루나는 어깨 아래로 흘러내린 숄을 끌어 올리며 조용히 얼버무렸다. 한 달 내내 집을 비워야 했던 미지의 여행을 뜻하는 듯했다. 그녀의 위로는 나약하면서도 감미로운 구석이 있었다.

"아냐, 당신이 더 힘들었겠지."

나는 그녀의 하얀 손을 잡았다. 그 손은 가만히 멎어 있었다. 나는 부드럽게 그 손을 어루만졌다.

"다들 이렇게 떠나가다니……. 믿어지지 않네……. 방법이야 있을 거야. 암, 있고말고……."

　나는 루나에게 아첨하느라 입에 발린 말을 늘어놓았다. 동시에 과연 한 인간이 얼마나 기만적일 수 있을까 하는 생각에 몸이 움츠러들었다. 쌍둥이 기계를 만드는 데 조력한 이가 바로 나였다. 기계를 포장하여 비행기에 실었던 것도 나였다. 무한복제 세상을 만드는 데 가장 큰 기여를 해 놓고, 이제 와서 어떤 방법을 찾는단 말인가.

　"이모가 그만두고 싶데요."

　"이모가?"

　나는 약간 놀란 표정을 지었다. 그것 또한 연기였다. 실상 이모라는 호칭은 하니가 편한 마음을 갖도록 붙여준 어른끼리의 호칭에 불과했다. 그녀는 하니와 피 한 방울 섞이지 않은 남남이었다. 하니가 태어났을 때 고용해서 꼬박 5년을 함께 해왔지만, 5년이 아니라 50년을 함께 살았다 해도, 돈으로 고용한 사람은 죄다 떠나고 만다. 세상이 그렇게 바뀌었다.

　"언제 그만둔다는데?"

　"다른 사람을 구할 때까진 있어 달라고 부탁했거든요."

　"그러겠데?"

"잘 모르겠어요. 조만간 떠날 것 같아요."

루나는 살며시 자리에서 일어섰다. 그녀는 팔짱을 낀 채 유리창 쪽으로 다가섰다. 마침내 피하려던 이모의 거취 이야기가 나왔다. 오늘의 식사 시간이나, 그 이후의 피상적이었던 대화에서도 계속 회피했던 화제였다.

"지금 못 떠나는 건 하니에 대한 책임감 때문이에요."

"그래, 그렇겠지……. 교양 있는 여자니까."

루나가 하니를 임신했을 때였다. 나는 아이 돌보미야 얼마든지 구할 수 있다고 생각했다. 루나는 달랐다. 그녀는 미래의 아이에겐 완벽한 엄마가 있어야 한다고 믿었다. 그런데 그런 엄마란 결국 루나 자신뿐이었다. 그럼에도 그녀에겐 포기할 수 없는 삶의 목표가 따로 있었다. 루나는 신중한 고민 끝에 광고를 내서 직접 후보자를 물색하기 시작했다. 후보자들을 두 번 세 번 반복해서 집에 오게 한 뒤 까다로운 면접을 보았다. 그토록 세심한 시선으로 골라 들인 이가 바로 이모였다. 이후 루나는 이모를 전적으로 믿고 맡겼다. 동화책을 읽어주고, 기차놀이를 해주고, 하니를 품에 안고 산보 나가고, 아이에겐 이모가 엄마였다. 하니는 루나가 없을 때보다 이모가 없을 때 더 불안해했다. 루나를 맞이할 때보다 이모를 맞이할 때 팔짝 팔짝 뛰며 기뻐했다. 그런데 이모가 떠나간다니.

"아까 나에게 세탁기 돌리는 법과 식기세척기 돌리는 법을 알려주려 하더라고요. 하니를 돌보기 위해 꼭 필요할 거라며……. 나는 그만! 제발 그만! ……외쳤어요."

루나는 목소리를 높이며 이모의 손길을 뿌리치는 흉내를 냈는데, 그 모습에서 상처 입은 마음의 쓰라림이 느껴졌다.

"알고 있나요? 태어나서 단 한 번도 그런 일을 해본 적이 없다는 걸……?"

알고 있었다. 루나는 나와 결혼하기 전부터도 이 나라의 부유층 출신이었다. 소녀 시절이나 처녀 시절에는 수발해주는 아주머니들의 도움 속에서 자라났다. 나랑 결혼한 뒤에는 서너 명에 이르는 집안일을 거들어주는 아주머니들과, 역시 비슷한 숫자의 관리인, 정원사, 운전사의 도움에 얹혀 살아왔다. 그 모든 이들의 노고 가운데에서 루나는 자신의 예술 세계를 펼쳐왔던 것이다. 낡은 헝겊과 짐승의 가죽, 갑각류의 껍질 따위를 꿰고 이어붙인 뒤 그 위에 다채로운 색을 입힌 루나만의 그림들, 조금은 거칠고 기괴해 보이지만, 때로는 기발하고 독특하여 완벽한 개성을 간직한 작품들, 그런 예술 창작에 전념하며 일상의 허드렛일을 남의 손으로 처리해왔던 루나가 어떻게 하니를 돌본단 말인가.

"대책을 세워야지. 어떻게든 할 수 있을 거야. 반드시 사람을 구할 수 있을 거야."

나는 미간을 찌푸리고서 고민에 잠긴 표정을 지었다. 그러자 루나가 나를 또렷이 응시했다. 절망감에 사로잡힌 그녀의 눈동자에는 깊은 의구심이 깃들어 있었다. 그랬다가는 깜짝 놀라는 표정으로 바뀌었다.

"저 소리 들려요?"

루나가 손가락으로 위층을 가리켰다. 내 귀에는 아무 소리도 들리지 않았다.

"지금 2층에서 하니를 재워놓고 텔레비전을 보고 있어요."

그녀가 암시하는 사람은 이모였다. 루나는 자리에서 벌떡 일어나더니 거실의 대형 텔레비전 앞으로 다가갔다. 리모컨을 가지고 텔레비전 화면을 황급하게 켰는데, 동시에 조금은 다급하게 텔레비전의 소리를 낮추기 시작했다. 루나가 텔레비전을 켠 까닭은 이모의 심리적 정황을 파악하기 위해서일 것 같았다. 그런데 그런 행위는 윗사람 입장에선 그리 떳떳하지 못한 일이었기에 이모가 듣지 못하도록 급히 소리를 죽이고 있었다. 예전과 달리 아랫사람의 눈치를 살피는 루나가 내 가슴을 아리게 했다.

화면에서는 제네바의 경기장 모습이 생방송으로 방영되고 있었다. 경기장 한가운데에는 수백 대의 복제된 컨테이너 박스가 늘어서 있었다. 벌써 새끼 기계의 복제가 끝난 것이다. 무거운 짐을 운반하는 지게차들이 등장했다. 그들은 컨테이너 박스를 들어 짐차에 실었고, 짐차들은 하나둘 경기장 바깥으로 빠져나가고 있었다. 일렬로 도열한 짐차가 줄을 지어 향하는 곳은 인근의 공항일 듯했다. 그 차들은 채 교수의 예언처럼 세계 곳곳으로 떠날 무한복제기계를 옮기는 중이었다. 화면은 다시 경기장 내부를 비추었다. 경기장 중앙에 무수한 컨테이너를 복제해 낸 어미 기계가 우뚝 서 있었다. 핸드폰의 플래시 세례와 관중들의 환호 가운데 기계는 고고한 자태로 서 있었다. 광기로 빛나는 관중들의 눈동자에는 더 이상의 이타적인 복제가 아닌, 자신들의 감각을 만족시킬 복제에의 갈망이 넘쳤다.

지지대 위에 여러 색깔의 보석이 놓였다. 빨간 루비와 파란 사파이어가 반짝였다. 하얀 진주 알갱이도 섞여 있었다. 기계로부터 쏟아진 것은 형형색색의 반짝이는 가루였다. 그것은 마치 아라비안나이트의 마법처럼 운동장 한가운데에서 거대한 회오리를 일으켰고, 관중들의 영혼은 그 경이로운 광경에 사정없이 빨려들었다. 곧이어 운동장 한가운데에 보석의 산이 솟아나기 시작했다. 그것은 순식간에 불어나서 운동장의 대부분을 채울 어마어마한 높이로 솟아오르고 있었다. 이를 바라보는 수십만 관중은 기쁨과 희열에 휩싸여 함성을 지르고 서로 부둥켜안았다. 경기장의 직원들이 보석의 산에 기어 올라갔다. 그들은 보석을 안아서 아래로 던졌다. 보석의 산은 조금도 줄어들지 않았다. 건축공사장에서 사용하는 삽과 삼발이 운전대가 올려졌다.

삽이 보석을 퍼서 아래로 던졌다. 삼발이 운전대가 보석을 날랐다. 관중들은 환호하며 보석을 움켜쥐었는데, 그 모습은 모래사장에 앉은 채 두 손에 모래를 움켜쥔 천진난만한 어린아이들 같았다. 모든 관중에게 보석이 돌아갔다. 사람들은 손과 목과 허리에 형형색색의 보석을 둘렀다. 그럼에도 운동장 한가운데의 보석산은 조금도 줄어들 기미를 보이지 않았다. 지금 저 장면을 이모도 보고 있으리라. 이모 또한 무언가를 깨닫겠지. 이젠 보석 따위에 허겁지겁 달려갈 필요가 없다는 사실과, 보석으로 치장했다고 기뻐할 이유도 사라진 현실을 깨닫겠지. 보석이나 황금이 공기나 물처럼 무심한 그 무엇으로 변해버린 저 경기장의 광경은 자본주의는 죽음을 알리는 조종 소리와도 같았다.

그 순간이었다. 나무 계단 삐걱거리는 소리가 들렸다. 이모가 내는 기척 같았다. 루나는 무슨 나쁜 짓을 하다가 들킨 사람처럼 급히 텔레비전을 껐다. 아랫사람 앞에서 품위와 존엄을 지켜왔던 안주인의 습성 그대로 태연한 자세로 소파에 앉았다. 계단으로부터 이모가 내려오고 있었다. 그런데 무거운 것을 끌고 내려오는 듯 둔탁한 소리가 들렸다. 곧 외출복 차림의 이모가 나타났다. 한 손에는 손가방을 쥐고 있고 다른 손에는 커다란 캐리어를 끌고 있었다. 루나의 얼굴이 하얗게 질렸다.

"사모님, 하니는 잠들었어요."

이모는 소파에 앉으며 말했다. 나나 루나가 앉으라고 하면 자리에 앉던 평소 습관과 달리 너무나도 태연하게 앉은 것이다. 이모는 머리카락을 곱게 빗어 넘겼고 얼굴에는 연한 화장까지 하고 있었다. 지금 떠난단 말인가? 단 하루의 여유도 주지 않고? 내 머리는 급속한 혼란 속으로 빠져들었다.

"지금 가려는 거예요……?"

루나가 머뭇거리며 물었다. 아랫사람을 하대했던 평소와 달리 존댓말을 쓰고 있었다.

"제가 여러 번 말씀드렸죠," 이모는 다소 미안한 듯 변명했다. "이제 회장님도 뵈었어요. 지하철 시간이야 알아놓았으니 저를 역까지 데려다주시면 돼요."

"너무, 급작스럽지 않나요?"

루나가 더듬거리며 나를 바라보았다. 그녀의 눈빛은 내게 도움을 요청하고 있었다. 그 어떤 제안이라도 해서 이모의 출발을 막아달라고 호소하고 있었다.

"아내가 준비가 조금 덜 된 것 같습니다만……."

나는 난처한 미소를 지으며 끼어들었다. 이모는 나를 보았다. 그녀는 안타깝다는 눈빛으로, 그럴 수는 없다는 듯 고개를 저었다.

"이모님, 저기…… 사람을 구할 때까지라도……," 나는 루나의 절박한 시선이 내 얼굴과 이모의 얼굴에 교대로 와 닿는 것을 느끼며 말했다. "조금만 날짜를 미뤄주실 수는 없겠습니까? 해드릴 수 있는 것은 다 해드리겠습니다."

"참, 회장님도……," 이모가 어색하게 웃었다. "돈이 무슨 의미가 있겠어요. 관리 아저씨가 마지막으로 일을 그만둔 게 4일 전이었는데요. 그날 이후로 여기 머무르는 하루하루가 단지 하니 때문이었던 걸요……."

이모가 정곡을 찔렀다. 한때 그녀에게 지급했던 급여는 어느새 휴지조각으로 바뀌었다. 백 배를 지급하건 천 배를 지급하건 아무런 쓸모도 없었다. 이제 이모가 밥을 지어줄 이유는 없었다. 설거지를 해줄 이유도 없었다. 하니와 놀아주거나 하니를 재워줄 이유는 더더욱 없었다. 그런 그녀를 붙잡고 예전처럼 일을 시키려는 것은 파렴치한 주인질에 불과했다. 나는 말없이 허공을 응시했다. 날 바라보는 루나의 간절한 시선이 느껴졌다. 그녀에게 최상의 남편이기 위해서는 그 어떤 역할을 해야 한다는 압박감을 느꼈다.

"이모님……!"

내가 간곡하게 내뱉었다.

"네."

이모가 대답했다. 루나는 간절한 눈빛으로 나를 바라보고 있었다.

이건 통 큰 부탁입니다. 싱가포르에 있는 12층 건물을 드리겠습니다. 시내 중심부라서 값도 비싸고, 지금 사시는 곳하고 그리 멀지도 않을 겁니다. 그동안 받으신 것하고는 비교가 안 되는 이득을 얻을 수 있습니다……, 라고 말하고 싶었다. 아무런 소용도 없는 돈과 혹여 쓸모가 있을지 모를 건물은 다르지 않을까? 그것도 복제가 불가능한 땅까지 포함한 건물은? 그러나 그것은 나의 바람일 뿐, 세상 물정에 환한 이모가 속을 리 없다는 느낌이 스쳤다. 관리인 한 사람 부릴 수 없는 세상에서 건물이 무슨 쓸모가 있을까. 월세를 내서 임대할 사람조차 사라져버린 이 시대에. 이모는 눈동자를 동그랗게 뜨고 나를 바라보았다.

"아, 아닙니다……."

나는 실없는 사람처럼 말을 거두고 말았다. 루나가 낙담하여 고개를 돌렸다. 세 사람 사이에 침묵이 내려앉았다. 벽시계가 재깍거리며 사정없이 나와 루나를 죄어오고 있었다. 이모는 이제 일어서려는 듯 캐리어를 세우고선 손가방을 가슴에 안았다.

"내일 하니가 일어나면 뭐라 그럴까?"

루나가 허공을 응시한 채 혼잣말하듯 중얼거렸다. 이모는 자리에서 일어서려다 다시 앉았다.

"태어나서 처음 이모가 없는 걸 알게 될 텐데……."

루나가 넋두리를 늘어놓듯 말했다. 이모의 얼굴에 어두운 그늘이 졌다. 내 가슴이 막막해졌다.

"사모님이 잘 달래셔야죠. 아니, 잘하실 수 있을 거예요. 그래야 떠나는 저도 걸음이 가볍지 않겠어요."

이모는 내 표정과 루나의 표정을 번갈아 살피며 조심스럽게 루나를 달랬다. 루나의 크고 아름다운 눈동자에 눈물이 맺혔다.

"잘할 수 있다니……. 내가 누군가를 보살펴본 적이 없는 걸……."

루나의 목소리에는 울음이 섞여 있었다. 이모는 안쓰

러운 눈빛으로 루나를 바라보고 있었다. 나는 루나를 돕고 싶었다. 절실하게 돕고 싶었다. 그러나 도울 방법이 없었다.

"이모, 우리 하니가 예쁘지 않아? 정말 귀여운 아이야. 하니를 봐서라도 조금만 더 머무를 수는 없을까?"

마침내 루나의 입에서 평소에 사용하던 반말이 나왔다. 그것은 구걸에 가까운 사정이나, 애걸복걸하는 부탁이 끝났다는 절망감에서 비롯하는 변화일 것이다. 세상이 뒤집혔다고 느낀 지 꽤 되었지만 이토록 뒤집힌 느낌은 처음이었다. 세상의 고귀한 모든 것들이 시시하게 바뀌었다. 이와 반대로 얼마든지 구할 흔한 거라고 믿었던, 잔디 깎는 일, 화장실 변기를 닦는 일, 아이를 돌보는 일이 엄청난 돈이나 최고급 건물로도 얻지 못할, 세상에서 제일 고귀한 것으로 둔갑했다. 기업 회장과 사모님이 어쩌다가 아이 돌보는 아줌마에게 구걸하는 신세로 전락했을까.

"당신, 아까 사람을 구할 수 있다고 그러지 않았어요? 아까 그러셨죠?"

루나는 붉어진 눈시울로 나를 바라보았다. 입안이 바싹 말랐다. 무어라고 말을 꺼내고 싶었다.

"아까 회장님이 그랬어." 루나는 이모 쪽으로 돌아앉았다. 그녀는 이모의 팔을 두 손으로 붙잡았다. "사람을 구할 수 있다고 그랬어. 제발, 그때까지만 하니를 돌봐줘. 이렇게 부탁하잖아! 제발!"

"사모님, 그동안 하니는 잘 컸어요. 이제 어려운 일은 다 끝났어요. 사모님께선 저보다 나이도 젊으세요. 그러니……,"

이모는 자신의 팔을 잡은 루나의 손을 움켜쥐며 간곡하게 사정했다. 루나는 일순 발작하는 환자처럼 몸을 부르르 떨더니 자리에서 일어났다.

"아까 방법이 있다고 그랬잖아요! 엘파이도 살려내는데, 어떻게 아이 돌보는 아주머니 한 사람을 못 구하죠? 어떻게 나더러 집안일을 하라는 거예요?"

루나는 노랗게 타오르는 증오의 눈빛으로 나를 노려보았다. 그 눈빛에 내 영혼이 오그라드는 듯했다. 어떤 수단을 써서라도 아이 돌보는 아주머니를 구해야 할 것 같았다. 잘하면 구할 수 있을지 몰랐다. 무한복제기계가 도달하지 않는 미지의 땅이 있긴 있지 않을까? 아마존? 파푸아 뉴기니니? 티베트의 어느 골짜기? 고통 가운데 기괴한 상상이 떠올랐다. 비행기가 착륙할 수 없어서건, 아예 길 흔적이 없어서건, 무한복제기계가 닿지 못할 외진 지역이 있을 것이다. 그곳의 여인들은 무한복제기계는 물론, 이 세상의 물질문명과도 담을 쌓고서 원시적인 삶을 살고 있을 것이다. 그런 원시부족을 찾아가서 사정하면 아주머니 한 사람 정도는 데려올 수 있지 않을까? 그러나 과연 원시적인 삶을 고집하는 부족이 돈이나 문명의 이기를 이해할 수 있을까? 싫다며 거절하진 않을까? 그럼 어떻게 해야 하나? 식민지 시절의 군인처럼 총으로 협박해서 끌고 온단 말인가? 아! 루나가 미쳐가고 있듯 나 또한 미쳐가는 것은 아닐까?

5

루나가 이모를 데려다주러 나간 뒤 거실에 나 홀로 앉아 있었다. 우두커니 있던 어느 순간엔가 벽난로에서 불꽃이 일어 깜짝 놀랐다. 불을 지피지도 않는데 저절로 불이 붙은 것이다. 잠시 생각해 보니 벽난로는 자동으로 발화하는 기능을 갖추고 있었다.

벽난로 안에는 두터운 적송이 포개어져 있었다. 불길이 통나무의 아랫부분을 핥자 연기가 피어올랐다. 장작 타는 냄새는 혈관을 타고 도는 술처럼 몽롱한 취기를 몰고 왔다. 그 냄새는 오랫동안 잊고 있던 예전의 어느 한가로웠던 저녁으로 나를 이끌었다. 초등학생 시절이었다. 나는 할아버지의 집 벽난로 앞의 마호가니 마루에 앉아 사촌 형제들과 놀았다. 나는 그날의 활활 타오르던 화롯불과 장작 타는 냄새, 애견 콜리의 복슬복슬한 털의 감촉을 잊을 길 없다.

나는 사촌 형제들과 그림 맞추기 놀이를 했다. 할아버지가 핀란드에서 사온 맞추기 세트는 아라비안나이트의 내용을 배경으로 삼고 있었다. 알리바바의 아름다운 하녀 모르가나는 한밤중에 창고 안의 항아리 안에 도둑들이 숨어든 것을 발견한다. 모르가나는 항아리 속으로 끓는 기름을 부어 도둑들을 쥐도 새도 모르게 죽인다. 그 그림은 현기증이 일 정도로 촘촘한 맞추기 세트였지만, 내겐 모르가나의 어여쁜 자태가 가장 기억에 남았다. 피부가 가무잡잡하고 허리가 날씬하며 눈썹은 짙어 매우

어여쁜 동방 처녀였다. 그녀의 모습이 내게 안겨준 기억은 선연했다. 나는 그 추억을 보듬고서 벽난로에로 다가섰다. 부지깽이를 움켜쥔 손으로 적송을 뒤집으려다가 통나무가 미끄러져 떨어지며 뿌연 먼지가 일었다.

잠시 숨을 멈추었다. 일렁이는 불똥과 먼지의 잔영 가운데에서 눈을 감고 있자니 나의 모르가나들이 떠올랐다. 그녀들은 지금 어디에서 무엇을 하고 있을까? 눈을 감고 멈춰 선 순간 마술 같은 일이 벌어졌다. 잊었던 그녀들이 하나둘 실내로 스며든 것이다. 마치 그림자처럼 스윽 스며들어 입체감을 간직한 원래의 아리따운 모습으로 변신했다. 싱가포르 현지에서 만났던 미나. 솔로몬 제도에서 애정을 속삭였던 갈색 피부의 이레네. 불꽃처럼 정열적이었던 안나. 창백한 아름다움의 미라. 실내가 처녀들로 북적이기 시작했다. 앵그르의 그림 속 여인들처럼 기다림과 갈망에 몸을 떠는 모르가나들이 내 손을 잡았다. 몸이 달아올랐다. 한없이 뜨겁게 달아올랐다……

거실 저편에서 무슨 소리가 들렸다. 눈을 떠보았다. 루나가 서 있었다. 나하고 엇비슷한 큰 키에 호리호리한 인상의 루나가 서 있었다. 그녀를 보는 순간 내가 저토록 아름다운 여자와 살았던가, 하는 감탄이 절로 일었다. 그녀는 세상의 모든 모르가나를 합하여도 이를 단숨에 능가할, 눈부신 미모의 소유자였다. 생각해 보면 그 순간 루나가 그토록 아름다워 보인 이유는 분명했다. 무한복제 세상이 많은 것을 파괴해버렸다. 그 가운데에도 가장 안타까운 것은 바로 모르가나일 것이다. 돈이나 권력의 힘에 끌렸던 아리따운 그녀들은 돈의 위력이 사라지자 먼지처럼 흩어졌다. 오늘 비행기의 뒷좌석에서 들려오던 어느 남자 손님들의 은밀한 대화가 생각난다. 불안과 낙담의 포로였던 그들은 인터넷의 음란 사이트가 사라지고 있다고 수군거렸다. 아주 소중한 즐거움이 사라져서 세상이 잿빛 어둠으로 바뀌고 있다고 한탄했다.

당연한 일이다. 모든 물자가 공짜로 선사되는 마당에, 과연 어떤 아름다운 처녀가 자신의 몸을 매매나 관람의 대상으로 내놓는단 말인가. 성매매, 현지처, 첩, 스폰서 같은 어휘는 말할 것도 없거니와, '재력을 보고' 상대를 고른다는 표현조차 소멸할 게 분명했다. 결과적으로 앞으로 닥칠 세상은 경악스러우리만치 단조로울지 모른다.

사랑과 섹스의 다채로웠던 유형은 죄다 사라지고, 오로지 '사랑에 기초한' 남녀 결합만 남을지 모르니까. 그런데 나에게는 저토록 아름다운 루나가 있었다니……. 예전에는 미처 깨닫지 못했지만, 그녀는 나에게는 버거울 정도로 과분한 미녀였다.

나는 루나에게 다가섰다. 나를 바라보는 그녀의 눈동자에는 슬픔과 안타까움이 담겨 있었다. 동시에 자신의 감정을 억누르는 그녀 특유의 자제력도 느껴졌다. 방금 전 이모 앞에서는 평소의 그녀답지 않게 흔들렸음에도, 어느새 본래의 자신으로 돌아와 인생의 키(方向舵)를 움켜쥐고 있었다. 이모를 데려다주고 오며 그 어떤 생각의 정리가 있었을 게 느껴졌다. 나는 그것이 어떤 내용일지 궁금했지만 그걸 아는 게 두렵기도 했다.

루나가 겉옷을 벗었다. 나는 무심결에 그녀가 겉옷을 벗는 일을 도왔다. 한때는 그 멋진 옷을 입는 것만으로 세인의 시선을 끌던 허리선이 날렵한 에르메스 코트였다. 내가 그 코트를 받아 옷장 속의 옷걸이에 걸어 넣자, 루나가 모호한 미소를 지으며, 이렇게 옷 벗는 일을 도와주니 기분이 이상하다고 말했다. 무심코 던진 말 같았지만, 우리의 뒤바뀐 관계에 대한 암시가 담겨 있어서, 자그마한 유리 파편이 가슴에 맴돌며 여기저기를 긁는 느낌이었다. 나는 루나에게 피곤하지 않느냐고 물었다. 그녀는 설핏 미소를 지으며, 거꾸로 된 질문이 아니냐고 되물었다. 루나 자신이 내게 피곤하지 않느냐고 물었어야 한다는 것이었다. 듣고 보니 맞는 말이었다.

우리는 소파에 앉았다. 잠시 침묵이 흘렀다. 무슨 말이든 끌어내야 할 것 같아서, 장작은 내가 붙인 게 아니라 저절로 타올랐다고 했다. 루나는 의외라는 듯 나를 물끄러미 바라보았다. "왜 그런 변명을 하세요? 저절로 켜지고 저절로 꺼지잖아요?"라고 되물었다. 그러고 보니 그 변명도 나답지 않았다. 어느새 나는 자신감마저 잃어버린 모양이었다. 불과 서너 마디의 대화에 가슴 곳곳이 멍드는 느낌이었다.

"저녁이 되니 바깥 날씨가 꽤나 쌀쌀해졌네요."

루나는 벽난로를 응시한 채 말했다.

"벌써 가을인가? 그래, 추워졌어."

내가 의미 없이 덧붙였다. 무한복제기계가 개발된 시점으로부터 불과 1개월 밖에 흐르지 않았다. 그런데 그 기간은 나에게는 무한한 시간처럼 느껴졌다. 그 짧고도 긴 기간 동안 내 권위와 힘은 사정없이 무너졌으며 자존심마저 녹아버렸다. 늘 대하는 게 편안하기만 했던 아내 앞에서, 상관의 눈치를 살피는 수습사원처럼 왜소해진 나를 느끼고 있었다. 어쩌면 이산이라는 영혼은 사라지고 노쇠한 껍데기만 남았는지 모른다. 그런데 그 순간 루나의 한쪽 손에 들린 노란 종이쪽지가 눈에 띄었다.

"당신 손에 든 건……?"

내가 물었다. 루나는 의식하지 못하고 있다가는,

"아, 이것,"

하고 혼잣말처럼 내뱉더니, 식기세척기 사용하는 법, 세탁기 사용하는 법, 집안 온도 조절하는 법 등을 적은 메모지라고 했다. 이모가 성격이 꼼꼼하여 루나에게 꼭 필요할 거라며 적어주었다는 것이다. 루나는 종이를 구기거나 버리지 않았다. 이를 차분하게 접어서 테이블에 올려놓았다.

그 종이는 나의 운명을 담은 하늘의 선고 같았다. 앞으로는 빨래하고, 밥 차리고, 변기 청소까지 내 손으로 해야 할지 몰랐다. 그래서 그 종이는 세상에서 가장 무거운 무게로 가슴에 얹혔다. 그러나 만약 그 일을 루나와 내가 번 갈아 할 수 있다면 그것은 차라리 행운일지 몰랐다. 나는 행운의 가능성에 몸을 기대고 싶었다.

"내일 아침 식사는 어떻게 할 생각인가?"

내가 물었다. 그랬다가는 오해를 살까 얼른 덧붙였다.

"하니의 아침."

내 말에 루나는 잠깐 나를 바라보았지만 아무 말도 꺼 내지 않았다.

"내가, 차릴까?"

내가 조심스럽게 물었다.

"왜 당신이 해요? 그런 일을 해본 적도 없잖아요?"

루나는 놀란 듯 눈을 동그랗게 뜬 채 나를 바라보았 다. 염려가 담긴 시선이었다. 물론 루나의 말이 맞았다.

"당신이 못하겠으면……."

"아니죠. 당연히 엄마가 차려야죠."

루나는 창 쪽으로 시선을 돌리며 담담하게 내뱉었다. 이모를 배웅하러 나간 사이에 그녀가 어떤 고민을 했을 지 조금이나마 이해할 것 같았다. 창밖을 응시하는 그녀 의 눈빛에는 그 어떤 결의가 느껴졌는데 그것은 따스한

기운을 담고 있었다. 루나 자신이 한 사람의 예술가이거
나 부잣집의 안주인이기 이전에 하니의 엄마라는 자각을
했을 것 같았다. 이는 다행일지 몰랐다. 유사 이래 세상의
모든 엄마는 아빠하고는 비교할 수 없는 강한 애정으로
아이를 키워낸다. 오로지 아이에 대한 헌신 때문에 남편의
흠결을 견딘다. 루나의 내면에 밀쳐두었던 모성이 제 자
리를 찾아간다면, 그 힘 때문에라도 아빠를 받아들일 것
같았다. 세상의 많은 남자 가운데 오직 나를 제외하곤 그
누가 하니에게 좋은 아빠 노릇을 해줄까. 내 마음에 희미
한 불씨가 타오르기 시작했다.

"당신 사람이 바뀐 것 같아."

"제가요……? 저는 저인 걸요……."

"아냐, 잠깐 사이에 훨씬 강해졌어."

그 순간이었다. 벽난로의 나뭇가지가 바스러지는 소리
가 났다. 나와 루나가 동시에 벽난로의 불길을 바라보았
다. 불똥이 탁탁 튀어 오르며 불길이 거세지고 있었다. 타
오르는 불길은 루나의 얼굴을 금빛으로 물들여 여신처럼
아름답게 만들었다. 길고 날씬한 목과 숄에 덮인 어깨가
붉게 빛났다. 무게감이 느껴지는 가슴도 더욱 탐스러워

보였다. 침이 넘어갔다. 다리 사이에서 미열이 느껴졌다. 이상했다. 삶의 일관성도 잃어버리고, 삶의 목표도 사라진 마당에 루나를 껴안고 싶다니, 이는 어떻게 된 일일까? 물론 한 달 내내 그 어떤 여자도 끌어안지 못했기에 벌어지는 생리적인 현상일지 몰랐다. 그러나 그것만으로는 설명이 불가능한 그 무엇인가가 담겨 있었다. 몰락한 처지에, 더욱이 루나마저 나를 버릴지 모른다는 불안감 가운데에서, 루나를 향한 강렬한 욕망이 치솟는 것은 정말 기이한 일이었다.

　나무 타는 냄새는 향기로웠다. 루나의 섬세한 감각을 고려하여 땔감을 고르게 했던 기억이 났다. 나는 비감한 심정으로 자리에서 일어나서 루나 옆에 앉았다. 그녀의 손을 잡았다. 루나가 놀란 눈빛으로 나를 응시했다. 나는 루나에게 미안하다고 했다. 상황이 이렇게 되도록 속수무책으로 당하고 있어서 정말 미안하다고 했다. 좋은 집안에서 자라나서 곱게 커온 당신에게는 이런 어려움이 얼마나 감당하기 힘든 것이냐고 했다. 루나의 눈자위에 눈물이 고여 드는 듯했다. 나는 서서히 끓어오르는 기분을 억누르며 말했다. 당신이 고결한 영혼의 소유자인 것을 알고 있다, 내가 당신에게 부족한 것도 안다, 나를 에워싼 허영의 베일이 오랫동안 내 시야를 가리고 있었다, 당신에게 사랑을 쏟아야 했음을 알았지만, 세속의 베일에 휩싸여 그만 한눈을 팔고 말았다, 이제 베일은 벗겨졌다, 너무 늦은 것일까? 모르겠다, 나는 잔잔한 어조로 이어나갔다. 내 사랑이 얼마나 깊고 절실한지와 지난 몇 년 내 애정의 표현이 얼마나 부족했는지……, 어쩌면 내 회한은 벽난로를 활활 태워 재만 남는 새벽녘까지 지속되어야 할지 모른다, 무한복제 시대에 들어서서 많은 것들이 파괴되었음에도, 당신과 하니에 대한 사랑만큼은 진정 어린 것이기에…….

그 순간 입안이 바싹 마르고 혀가 입천장에 달라붙는 느낌이었다. 대개의 남자가 벌이는 구애라는 것이 얼마나 힘겹고 눈물겨운 일인지 난생 처음 깨달았다. 평생 돈의 날개를 달고 세상의 여러 여인들을 상대해왔는데, 어느새 날개가 잘려 몸뚱이만 남은 나였다. 정수리는 벗어지고 볼살은 늘어진 50대의 사내가 자신보다 스무 살 어린 여신처럼 아름다운 여인을 침대로 끌어들이려 애걸하는 일이 얼마나 힘겨운지 새삼 깨달았다. 더구나 바뀐 세상에서 완전히 난파해버려 자아라고 할 것을 상실해버린 나하고 비교할 때, 루나는 자신의 열정을 쏟을 그녀만의 아틀리에가 기다리고 있었다. 그래서 집요하게 아첨하고, 달라붙어, 루나의 옷깃을 풀어헤칠 기회만을 노리는 내가 몸이 달아오른 늙은 폐물처럼 느껴지는 것은 당연한 일이었다.

　루나는 나를 끌어안지도 밀어내지도 않았다. 루나가 나에게 몰입하기를 바라며 애절하게 그녀의 몸을 탐했으나, 타는 듯한 나의 입술 아래서 그녀의 입술은 차갑게 메말라 있었다. 나의 간절한 애무에도 그녀의 가슴은 서늘하게 식어 있었다. 이런 관계 맺음이 그 어떤 변화도 가져다주지 못하리라는 비감한 예감이 가을비처럼 몸을 적셨다. 나는 내 행위의 무의미함을 깨닫고 멈추고 말았다.

　정적이 내려앉았다. 옷깃을 여미는 루나를 바라보았다. 나는 사랑한다고 말했다. 루나는 서글픈 시선으로 나를 바라볼 뿐이었다. 그녀가 긴 한숨을 뱉었다가 들이쉬었는데 그 소리가 나지막하게 내 귓전에 울렸다.

　"묻고 싶은 게 있어요……."

　루나가 아주 자그마해서 거의 들리지 않는 목소리로

물었다. 나는 잠자코 듣고 있었다.

"당신은 하니에게 어떤 아빠죠?"

그 간단한 질문은 무거운 바위처럼 가슴에 얹혀졌다. 루나는 세상에서 가장 풀기 어려운 수수께끼를 낸 것이다.

"아니, 바뀐 세상에서…… 어떤 아빠가 되고 싶으세요?"

루나가 혼신을 다하여 다시 물었다. 그녀의 질문은 나를 가두는 쇠창살 같았다. 혹여 루나가 나더러 어떤 남편이고 싶으냐고 묻는다면 할 말은 있었다. 결코 변질되지 않는 순백한 애정으로 사랑하는 남편. 루나 내면의 상처를 끌어안고, 같이 아파하고 입으로 불어주고 손으로 어루만져서라도 치유해줄 남편. 줄리엣에게는 로미오와도 같은……. 아마도 그것만이 새로운 세상의 사랑 방법이리라. 그런데 하니에게 나는 어떤 아빠여야 하는가? 솔직히 깊이 생각해본 적이 없었다. 아니, 생각 자체를 회피하고 있었다. 어떤 아빠이기 이전에 내 자신이 어떤 자아를 가질 것인가, 라는 문제에 답할 자신이 없었다.

"결정적 순간이라는 말…… 알아요?"

루나가 내 얼굴에 이는 혼란을 느끼며 물어왔다. 그녀는 내 답변을 기다리지 않았다.

"프랑스의 사진작가 앙리 까르띠에 브레송이 그랬어요. 카메라의 앵글과 허공의 빛, 피사체의 모습이 절묘하게 맞아떨어지는 순간이 있다고……. 눈 깜빡할 사이에 불과할 그 짧은 순간, 카메라의 망막 앞에 놓인 사물은 고스란히 본질을 드러낸다고……."

허공을 응시한 채 말을 이어나가는 루나는 열에 들뜬 사람 같았다. 이모를 바래다주고 오던 그 어떤 순간이었다. 루나는 감전된 듯 전신을 타고 흐르는 저릿한 기운을 느꼈다. 이마에는 환한 빛이 비추었다. 루나는 스스로가 '결정적 순간'에 놓였음을 깨달았다. 에르메스 재킷이나 중국제 청동상이나 금은보화가 의미를 잃어버린 어둠 가운데에서, 열네 개의 방이 딸린 대저택도 을씨년스럽기만 한 밤의 침묵 속에서, 의식 저편에 미루어두었던 존재가 빛을 발하고 있었다. 그 빛은 루나에게 나아갈 방향을 제시해주는 새벽별 같았다.

"남편이야 세월 속에서 냉담해져요. 대화조차 통하지 않게 되죠. 한없이 멀어져서 상처만 남길 뿐이에요." 루나가 말했다. 나는 조용히 듣고 있었다. 입안의 침이 말랐다. 침을 짜내려 입술을 오므렸으나 침은 나오지 않았다.

"아이는 정반대에요. 늘 한결같아요. 변함없는 애정을 쏟고, 헌신을 바칠 연인과도 같죠. 늘 사랑스럽게 커가요. 나날이 성숙하고 완성이 되어가거든요……. 엄마에게는 결코 고갈되지 않는 애정의 샘이에요……."

"엄마의 연인……. 애정의 샘……."

나는 희미하게 웃었다.

"나는 하니에겐 두 개의 탯줄이 달렸다고 믿었는데."

진심이었다. 바로 그 순간 거실에 걸린 가족초상화 속 그림이 초현실주의 화가가 그린 모습으로 바뀌는 상상을 해보았다. 알몸의 아기 하니는 배꼽에 두 개의 탯줄이 달려 있다. 하나는 나에게로 연결되었고 다른 하나는 루나에게로 연결되어 있다. 그런데 두 개의 탯줄 가운데 하나가 가짜였다. 종이 탯줄이었다. 돌이켜보면 하니는 나를 낯설어 했다. 나도 하니가 낯설 때가 더 많았다. 아무리 하니에 대한 감정을 쥐어짜려 애써보아도, 지금 루나가 느낄 애절함이나 긴밀함은 결코 우러나지 않았다. 나는 차라리 루나에 의해 거부된 섹스가 간절했을 따름이다.

밤의 정적이 대기를 감싸고 돌 무렵이었다. 내가 숨죽이고 서 있던 철제 대문 앞에서, 나와 엇비슷한 자세로 루나는 멈추어 있었다. 그녀는 자신의 지난 세월을 돌이키며 놀라운 깨달음을 얻었다. 그녀가 애걸했던 이모의 도움은 필요하지 않았다. 대저택도 필요하지 않았다. 자신의 생활공간을 아틀리에로 축소시키고, 그녀가 몰두해왔던 원래의 창조행위에다가 하니를 키워내는 더 소중한 창조의 시간을 곁들여나가면, 자신의 생애가 훨씬 값질 것 같았다. 그녀는 무대의 두터운 커튼을 열어젖히는 심정으로 철제 대문을 열고 인생의 두 번째 막으로 진입한 것이다.

"잠시 따로 지내는 거…… 어떻게 생각하세요?"

루나가 조심스러우면서도 단도직입적으로 물어왔다.

"별거…….'

사방이 새카매졌다. 그 어둠 가운데 내 영혼을 들여다보는 루나의 또렷한 눈동자만이 희게 떠 있었다. 하얀 눈동자 아래에는 단정하게 다물어진 자제력을 담은 입술이 붉게 그려져 있었다. 검고 적막한 공간에 두 눈동자와 입술만이 초현실파 화가의 그림처럼 둥둥 떠 있었다.

"좋아하는 사람이 생겼나?"

"아니에요!"

루나는 순간적으로 치미는 화를 참으려 이마를 찡그렸

다. 그랬다가는 담담하게 덧붙였다.

"새로운 삶을 시작하고 싶을 뿐이죠. 하니를 보고 싶으면 오셔도 돼요."

"보고 싶으면 오라……."

내가 루나의 말을 따라 하자 그녀가 눈을 치켜떴다.

"왜요? 당신이 키우고 싶으세요?"

"내가?"

나는 그만 웃고 말았다. 상실감 때문에 정신이 없었다. 회사를 잃은 바로 같은 날, 루나까지 잃는다는 일은 상상조차 하지 못했다. 가슴이 답답하고 숨이 겨웠다. 나는 물론 하니를 사랑한다. 그러나 누군가가 하니를 먹여주고 씻겨줄 때 아이의 뺨을 어루만지고 볼을 비비는 사랑이었다. 이모 같은 도우미의 도움 없이, 그것도 루나마저 떠난 마당에, 나 혼자 하니의 치다꺼리를 한다는 일은 상상조차 해본 적 없었다.

"이제 위자료가 무의미한 시대야. 재판도 필요하지 않아. 당신이 원하는 때 언제든지 떠날 수 있어."

내가 내뱉자 루나가 입술을 다문 채 지긋이 고개를 끄덕였다. 정말 그랬다. 돈이야 아무런 의미도 없었다. 루나는 젊은 데다가 뛰어나게 아름다웠다. 그녀의 예술세계는 건재했다. 반면 나는 늙고 추레했다. 직업도 없거니와 꿈마저 잃은 중늙은이에 불과했다. 보통의 판단력을 가진 사람이라면 그 누구라도 루나더러 하루빨리 헤어지라고 재촉할 것이다.

"내가 당신의 편의를 위해서 해줄 수 있는 게 없을까?"

나는 호방하게 물었다.

"있다면 말해줘. 무엇이든 다 해줄 테니까."

없으리라. 이모에게도 해줄 게 없었기에 현재의 처지가 되지 않았던가. 그럼에도 나는 오랜 습관에 쓸려 선선해 졌다. 몰락한 귀족처럼 애처로운 것도 없다더니. 그럼에도 빈털터리가 품위까지 잃을 수는 없었다.

"없어요. 아무것도."

루나가 나지막하게 내뱉었다.

"증여나 상속이 무슨 의미가 있을까만은, 내 명의의 부동산이나 예금을 당신과 하니의 이름으로 돌려놓을게."

루나는 잔잔한 미소로 응답했다. 그 미소는 나의 도움이 없이도 잘해 나갈 거라는 자신감을 담고 있었다. 항상 나의 전유물이었던 부드러운 미소와 상대를 배려하는 표정을, 루나가 내게 짓는 현실은 나를 더욱 초라하게 만들었다.

"걱정이 조금 있지. 이건 순전히 당신을 위한 걱정인데……."

말을 끌어내며 내 마음의 밑바닥에서 사무치는 분노가 서서히 고개를 치켜드는 것을 느꼈다. 좌절된 섹스에 대한 분노였는지 모른다. 앞으로는 다시는 루나처럼 젊고 아름다운 여인을 품에 안을 수 없으리라는 절망감으로 인한 분노였을 수도 있다. 집에 올 때 네거리에서 반복적으로 목격했던 쓰레기의 산이며, 쇼핑몰에서 물건을 약탈해가던 도둑의 무리와 주인의 간절한 부르짖음에도 결코 오지 않던 경찰의 빈자리가 떠올랐다.

"지나간 시대의 소설가 가운데 환상의 도시를 그려낸 작가가 있었어. 그 도시는 전설 속의 도시였어. 풍요와 만족의 도시이기도 했고……, 우리에게 닥칠 새로운 앞날과도 비슷한……, 그 멋진 도시에는 새로움에 취한 사람들이 날마다 새 옷을 사서 입거든. 새 가구를 들이고, 새 냉장고에서 새 음식을 꺼내먹으며 하루하루를 보내지."

루나는 말수가 갑자기 늘어난 나에게 조금은 놀라는

듯했다. 입술을 지그시 다문 차분한 눈빛으로 나를 바라보았는데, 내 저변에 깔린 좌절과 분노를 알아챘는지 모른다.

"그 도시에 어떤 일이 벌어졌는지 알아?"

나는 말을 멈추고 잠시 정적을 즐겼다. 아니, 정적을 즐겼다기보다는 루나가 떠나겠다는 결심을 접고 내 품에 안기기를 기대했는지 모른다. 그러나 그런 일은 벌어지지 않았다.

"정작 치우지 않는 쓰레기가 도시를 압도해 온 거야. 쓰레기가 동산을 이루고, 산맥을 이루어 포위해 오지. 지금 이 땅에서처럼……. 더 놀라운 일은, 그 도시의 주민이 하나같이 부자여서 낮은 일자리의 종사자가 한 명도 없다는 사실이야. 버스 기사, 요금정산원, 거리 청소부, 가사도우미, 긴급구조대원, 교통경찰까지……, 그 모든 고생스런 직종의 종사자가 사라졌어. 힘든 일은 그 누구도 하고 싶지 않으니까." 내 몸은 가뭄 든 논바닥처럼 쩍쩍 갈라지는 느낌이었다. 그럼에도 내 혀는 피로를 느끼지 않았다. "한번 생각해봐. 모두가 부자여서 청소부도 없고, 음식점 주인조차 사라진 세상을……. 지하철은 운행되지 않

아. 버스도 멈춰버려. 그 어떤 숙박시설이나 음식점조차 텅 비어 있지. 몸이 아파서 병원에를 가려 해도 운행하는 버스나 택시가 사라졌기에 갈 수가 없다니까. ……그뿐 아니야. 가까스로 차를 몰아 병원에를 도착해도 병원은 텅 비어 있어. 접수대의 직원뿐 아니라 간호사까지 일을 그만둔 상황이니까. 환자가 몸이 아파 수술을 받고 싶어도, 돌보아줄 손길이 사라진 세상, 그게 바로 우리 눈앞의 멋진 신세계 아닐까."

루나는 충격에 사로잡힌 표정으로 바뀌었다. 눈동자가 커져서 의혹과 공포에 사로잡힌 듯 나를 응시하고 있었다. 내 몸은 바싹 마른 미라처럼 고갈되어 갔다. 그럼에도 진흙구렁 같은 분노가 일어 채찍처럼 날카로운 혀를 휘두르고 있었다.

"내 말은 말이야……. 루나, 당신처럼 아름다운 여자가 더 끔찍한 처지라는 거야. 흐흐……. 그 동안에는 험한 일을 마다하지 않고선 경찰들이 지켜주었잖아. 어디에서건 도움을 외치면 냉큼 달려와서 도와주었다구. 방금 전 초저녁이었지. 쇼핑몰에서 도둑 떼들의 약탈이 행해지고 있었어. 살려달라고 비명을 내지르는 나이든 아주머니 한

분이 맹렬하게 도움을 요청했지. 그런데 도와주러 달려오는 경찰이 단 한 사람도 없었어. 이 얼마나 무서운 일이야. 끔찍하지 않나? ……보나 안 보나, 루나 당신이야 수많은 남성에게는 거친 욕망의 대상이겠지. 얼마나 많은 능욕과 위협의 손길이 당신에게 뻗칠지를 상상해보았나?" 나는 잔인한 눈빛을 번득였다. "공포 속에서, 아무리 살려달라고 외쳐도, 그 어떤 도움의 손길도 오지 않는 세상, 이제 당신이 뛰어들려는 곳이야. 어떤가? 정말 그 세상에서 살아갈 준비는 되어 있나?"

비웃음과도 흡사한 실그러진 웃음을 머금은 그 순간 갑자기 실내의 불이 꺼져버렸다. 이와 함께 실내를 덥혀주던 히터까지 멈추었다. 그것은 마치 공포심을 자아내는 무대효과와도 비슷했다. 심장의 박동이 빨라지고 마음의 희열은 치솟았다. 밤의 적막 가운데 사위어가는 장작 불꽃의 잔영을 배경으로 놀란 듯 커진 루나의 겁에 질린 눈동자만이 번들거릴 뿐이었다. 나는 황급하게 유리창으로 다가갔다. 어둠에 잠긴 도시 전체가 내려다보였다.

"정전이다! 도시 전체가 정전이다!"

나는 껄껄거리고 웃다가 갑자기 멈추었다. 튀어나온 침

이 입 언저리에 묻어 있었다. 나는 거친 협박의 눈빛으로 루나를 노려보았다. 그럼에도 내 눈빛은 진실을 담고 있었다.

"자 멋진 신세계가 저기 있다네! 준비가 되었다면 잘 가시게나!"

나는 귀부인을 안내하는 중세의 기사처럼 허리를 굽히고 팔을 내밀어 안내하는 자세를 취했다. 나와 루나 사이에 정적이 감돌았다. 그것은 조물주가 빛과 어둠을 만들어놓고, 다른 만물을 창조하기 전의 막간 같은 고요함이었다.

3부

순수한 질문

1

커튼 틈으로 환한 햇살이 쏟아지는 것을 느꼈다. 아침인지 낮인지 알 수 없었다. 눈을 떠보니 거실의 소파에 옷도 벗지 않은 내가 누워 있었다. 잠시 뒤였다. 어제 저녁의 일이 어렴풋이 떠올랐다. 정전이 되기 전까지 루나에게 심하게 퍼부었던 정황이며, 정전이 된 뒤에는 안주도 없이 많은 술을 들이켰던 일이 생각났다. 그다음은 잘 떠오르지 않았다. 장식장에서 위스키를 꺼내 거실 소파에 앉아서 혼자 마시다가 곯아떨어진 모양이었다. ……아니었다. 어둠 속에서 루나와 거칠게 다투던 일이 떠올랐다. 나는 루나의 옷을 벗기려 들었고, 루나는 완강하게 저항했다. 거리의 치한처럼 바뀌어버린 나를 견디다 못해 그녀는 황급히 계단 위로 달아났고, 나는 가슴이 답답해져서 소파에 주저앉았다.

내 안의 야수가 나를 이토록 거칠게 몰아갔다니⋯⋯. 절망감이 치밀며 소파의 방석을 뒤집어쓰고 말았다. 그 순간 위층에서 무슨 소리가 들렸다. 마룻바닥 위로 무슨 무거운 물체의 바퀴 같은 것을 끄는 소리였다. 불길한 예감이 가슴을 짓눌렀다. 잠시 뒤 루나가 캐리어를 끌고 아래로 내려왔다. 캐리어의 바퀴가 계단에 부딪히며 텅텅 울렸다. 외출복 차림의 그녀는 소파 옆에 캐리어를 놓더니 내 맞은편에 앉았다.

"일어났어요?"

"지금이 몇 신가⋯⋯? 필름이 다 끊어졌다니⋯⋯."

나는 흐트러진 머리카락을 매만지며 소파 밑에 굴러다니는 빈 술병을 집어서 세웠다.

"떠날 거예요."

루나가 담담하게 대답했다.

"떠나다니? 어디를? 저 무서운 세상에를?"

나는 절대 안 된다는 듯 정색을 하고 내뱉었다. 아, 나는 얼마나 가증스런 인간인가.

"전기는 돌아왔어요. 히터도요."

그러고 보니 히터 돌아가는 소리가 들렸다. 거실의 미등도 켜져 있었다.

"어제 일은 미안해. 내가 제정신이 아니었어. 하지만 세상이 무섭다는 이야기는 진실이야……."

"하니가 어디 있는지는 궁금하지 않나요?"

루나가 기이한 생명체라도 바라보듯 나를 노려보았다.

아, 하니는 어디 있나? 내가 아이를 잊고 있다니……, 낭패감에 젖어 이런 이야기라도 꺼내야겠다고 생각한 순간, 루나가 벌떡 일어나더니 텔레비전 앞으로 다가갔다. 그녀는 리모컨을 집어서 벽에 걸린 액정화면을 켰다.

"저걸 보세요."

루나가 리모컨을 내려놓고선 팔짱을 낀 채 굳은 표정으로 내 옆에 섰다. 화면에는 좌우로 나뉜 수백 개의 칸이 거대한 도표처럼 가득 채우고 있었다. 그 도표는 조금씩 위로 올라가고 있었다. 증권거래 전문 채널에 나오는 주식실황 표 같아 보이기도 했고, 주택거래 채널에서 나오는 주택가격 도표 같기도 했다.

"저게, 뭐 하는 건가?"

"일자리 목록이에요."

루나가 손을 내밀며 말했다. 아직도 몸을 휘감은 술기운의 잔재 때문이었는지 화면이 희뿌옇기만 했다. 나는 눈썹을 찌푸려 칸 안에 쓰인 글자를 읽으려 애썼다. 그 안에는 〈버스 기사〉라고 쓰여 있었다. 그 옆에는 1종, 보통 면허증 소지자, 경력 5년 이상이라고 나란히 쓰여 있었다. 〈지하철 운전자〉, 〈택시 운전자〉, 〈지게차 운전자〉, 〈트레일러 운전자〉, 〈트럭 운전자〉, 엄청나게 많은 운전자의 일자리 종류와 자격이 아래로부터 차례차례 올라가고 있었다.

"누가 저런 광고를 냈지?"

"광고가 아니에요. 평의회에서 낸 자원봉사자 모집 공고에요."

루나는 마치 초등학교 선생이 어린 아이에게 훈계하듯 낮고도 분명한 목소리로 말했다.

"평의회? 누가 저런 자리엘 자원한다고……."

나는 말도 안 된다며 헛웃음을 지었지만 내 마음에는 갑작스런 의혹이 일기 시작했다.

"보세요. 왼편은 필요한 일자리, 오른편은 지금까지 자원한 사람 숫자라고요."

그러고 보니 왼쪽과 오른쪽 두 곳에 숫자가 함께 뜨고 있었다. 이를테면 요양원의 노인 돌보미는 7천 2백 개의 일자리가 필요했다. 현재 자원자는 2천 5백여 명이었다. 오른편의 숫자가 열씩 스물씩 순식간에 높아지고 있었다. 대가가 주어지지 않는 자리를 저렇게 많이 자원하다니! 사람들이 분별력을 잃었나? 도대체 무얼 어쩌자고?

"갤러리의 큐레이터 자리도 있어요. 저는 그 자리를 자원할 생각이에요."

루나의 이야기에 정신이 멍해졌다. 루나가 내뱉은 말의 의미를 잠시 이해할 수가 없었다. 어쩌면 천성적인 습관이 내 사고를 가로막았는지 모른다. 장님이 손으로 더듬어서 사물의 윤곽을 서서히 파악하듯, 갤러리나 큐레이터 같은 어휘의 의미를 알아차리기 시작했다.

"자본주의 시대에 회장 부인이…… 저따위 일자리를……?"

나는 모멸감을 느끼며 내뱉었다.

"일자리가 아니라 자원봉사죠. 고작 일주일에 여덟 시간 봉사하는 거라고요. 제 친구 세아하고 지우하고도 연락해보았어요. 세상의 모든 사람이 각자의 자원봉사 자리를 찾고 있어요. 일주일에 여덟 시간은 평의회에서 계산한 숫자래요. 그 시간만 봉사하면 사회의 유지에 아무 지장이 안 생긴다는 거예요. 컴퓨터 네트워크로 집약된 집단지성의 힘이죠."

집단지성의 힘……. 루나가 집단지성의 힘을 이야기한다…….

"지금 컴퓨터 네트워크가 세상의 지성을 모으고 있어요." 루나는 눈썹에 힘을 주어 생각에 집중하는 듯했다. "응급환자가 생기면 곧바로 의사가 호출돼요. 자원봉사 간호사와 구호대원도 같이 호출되죠. 수술 준비가 곧장 이루어지는 거예요. 컴퓨터 네트워크와 자원봉사자의 풀이 동시에 존재할 때 가능할 시스템이라고요."

몸의 온기가 스르르 빠져나갔다. 충격 가운데에서 몸이 서늘하게 식어들었다. 그래, 자원봉사자의 풀……. 컴퓨터 네트워크……. 문득 채 교수와의 언쟁이 떠올랐다. 앞으로 다가올 세상에 대한 혐오감 가운데, 나는 채 교수가 설파하는 미래가 마치 카드로 쌓은 성처럼, 손가락으로 튕기기만 해도 무너져버릴 취약한 세상이라고 믿고 있었다. 그것은 근거를 지닌 믿음이었다. 인간만큼 자신의 노력에 엄정한 평가와 합당한 대우를 기대하는 존재는 없었다. 자신의 업무가 정확한 대가로 평가되지 않는다면, 그 어떤 일자리라도 걷어찰 존재가 바로 인간이었다. 적어도 지나간 '회사의 시대'에는 그랬다. 그런데 자원봉사라니! 의사하고 간호사가 똑같은 여덟 시간? 누가 저런 어리석은 도표를 따른단 말인가? 정말이지 세상이 망해가는 징조일까?

"그래서……? 저 도표가 당신의 두려움을 없애주었나?"

나는 엷은 미소를 띤 채 루나를 바라보았다.

"경찰대원도 모집 중이에요." 루나는 팔짱을 끼고 내 앞에서 방향을 단호하게 바꿔 걸으며 생각에 잠긴 표정이었다. "경찰 경력자들. 현직 경찰들. 경찰 교육과정을 이수한 사람들. 일주일에 여덟 시간이라는 근무 조건이야 다른 직종하고 비슷하지만, 좀 더 헌신적인 서비스에 종사할 사람들……."

"경찰이 여덟 시간 안에 모든 일을 끝낸다? 이놈의 무법천지에!"

나는 비웃음을 머금고 내뱉었다.

"무법천지? 그 무법은 누가 저질렀나요?"

루나가 떨리는 목소리로 내뱉더니 이글이글 타오르는 눈동자로 나를 노려보았다. 문득 어제 밤의 일이 떠올랐다. 어둠 속에서 내 손아귀에 뜯기던 루나의 블라우스의 단추의 느낌이며, 실밥이 터지며 옷이 찢기던 소리가 귓전에 울리는 듯했다. 루나의 말이 맞았다. 그 어떤 표현으로도 정당화시킬 수는 없었다. 나는 연약한 여자를 유린하려던 무법자다.

"바깥세상은 평온해요. 더 이상 평온할 수 없을 정도로 평온하다고요."

루나는 곧 원래의 침착한 표정으로 바뀌더니, 호주머니에서 손수건을 꺼내 입 주위를 매만졌다.

"저 도표의 사람들 숫자를 보세요. 얼마나 빨리 자원봉사에 응하는지를……. 한꺼번에 스물, 서른씩 늘고 있잖아요. 아세요? 당신이 자고 있을 때 하니를 데리고 거실을 지나쳐갔어요. 유치원에 데려다주었죠. 아이 돌보미나 정원관리사처럼 힘겨운 직종과 달리, 유치원에서 일하는 분들이야 헌신적이었어요. 자신들의 봉사가 대가가 없다는 것을 알면서도, 세상의 질서가 바로잡힐 때까지는 봉사를 흐트러뜨리지 않겠다는 이야기였어요. 세상은 당신 예측하고는 달라요. 사회는 절대 무법천지로 바뀌지 않는다고요."

도대체 예술세계 이외의 그 어떤 분야에도 관심이 없으며, 세상사의 지혜도 그다지 풍부하지 못하다고 믿었던 루나가, 어느새 시대가 부여하는 집단지성을 나누어 가져서, 세상 사람들이 두 손을 걷어붙이는 헌신을 이야기하고 있었다. 하룻밤 사이에 무한복제 사회의 낙관을 부르짖는 이 여인은 다가올 시대의 전령사로 바뀐 것일까?

"일어나세요. 저하고 함께 가보아요."

루나가 캐리어의 손잡이를 잡으며 자리에서 일어섰다. 나는 그녀의 제안에 어리둥절할 따름이었다.

"아침을 드셔야 하잖아요? 지금이 낮 한 시에요."

낮 한 시? 그 시각까지 아무것도 먹지 못했다니? 몸에 남은 술기운의 여력으로 간신히 버텼지만, 실상 허기가 느껴졌다.

"헤어지기 전의 자비인가? 적선인가?"

나는 혼잣말을 하듯 중얼거리며 루나를 따라서 자리에서 일어났다.

그렇게 해서 나는 다시 루나가 모는 차를 타게 되었다. 그것은 신혼 시절 이후 7년 만의 일이었다. 그녀 차의 부드러운 벨벳 대시보드 커버, 저 아름다운 커버에 다리를 올려놓고 나누었던 7년 전의 감미로웠던 사랑이 떠올랐다. 앞으로는 결코 그런 일은 벌어지지 않으리라. 차는 고급 주택가를 지나쳐 보통 사람들이 다니는 상점가로 접어들었다. 루나의 입장에서는 오랫동안 몰지 않았던 운전대를 다시 잡은 것이기에, 그다지 편하지는 않았을 것이다. 그럼에도 사방을 살피며 조심스레 차를 모는 그녀의 모습은 지독하게 침착했으며, 그 어떤 굳은 각오가 엿보였다.

조금 떨어진 길 한가운데, 멈춰 선 트럭을 중심으로 초록빛 유니폼의 사람들이 일렬로 서서 무언가를 나르고 있었다. 루나가 모는 차는 그쪽으로 천천히 다가갔다. 유니폼을 입은 사람들이 나르는 것은 네거리에 쌓인 쓰레기였다. 사람들은 일렬로 서서 쓰레기를 옆 사람에게 차례로 전달하고 있었다. 트럭 위에 서 있는 사람은 자신에게 건네진 쓰레기를 짐칸에 내던지고 있었다.

"보이나요? '자원봉사'라고 새겨진 글자가?"

루나가 내게 물었다. 그러고 보니 초록 유니폼에 '자원 봉사'라는 검은 글씨가 뚜렷했다.

"하늘에서 내려온 천사들인가……? 청소를 자청하다니……?"

평소의 나였더라면 침묵했으리라. 아직도 남아 있는 술기운이 나를 떠버리처럼 지껄이게 하였다.

"다들 평범한 인간들이예요. 당신하고 나처럼……."

루나가 똑바로 들으라는 듯 단어 하나하나에 힘을 주어 대꾸했다. 그 어휘가 너무나 역설적이었기에 쓴웃음이 나오려 했다. 다시 보니 그들은 분주하게 쓰레기를 옮기는 청소부가 아닌, 진짜 보통 남녀였다. 한 사람은 내 또래의 장년 남성이었다. 그 옆의 여자는 루나 또래의 젊은 여성이었다. 두 사람은 무슨 장난스런 이야기라도 주고받는 듯 환하게 웃고 있었다.

"보세요. 얼마나 놀라워요. 일자리의 빈자리를 사회가 자기치유를 하는 중이라고요."

일자리의 빈자리……. 사회의 자기치유……. 그 어휘가 나를 숨막히게 했다. 몸이 떨렸다. 나의 비관적인 예견과는 달리 사람들은 기계가 도착하기 전부터 머리를 맞대고 해결방안을 만들어나가고 있었다. 아까 텔레비전의 도표는 분명히 시행착오를 안고 있거나, 고쳐야 할 점이 많을 엉성한 기획이었으리라. 그럼에도 그것은 '공유된 지식'의 토대 위에서 기업의 빈자리를 채워나가려는 인간들의 집단적인 노력이었다. 네거리의 쓰레기를 죄다 치운 다음 사람들이 트럭에 올라타고 있었다. 보통의 청소부들과는 달리, 너무나 밝은 얼굴의 그들은 서로의 어깨를 두드리고, 왁자지껄 떠들어대며 다른 네거리로 향하고 있었다. 머리가 혼란스러웠다. 사회적으로 '공유된 지식'이 이와 반대의, 서로 차단되고 밀폐된 '특허 지식'보다 훨씬 완벽할 거라는 채 교수의 예견이 떠올랐다. 사람들은 무한복제의 전야부터 저토록 지혜를 모아나가고 있었다니! 이와 반대로 나는 늘 고립무원의 지경 아니었던가! 회사 내부의 그 어떤 인사나 직원으로부터도 도움을 얻지 못한 채, 항상 나 혼자 섬의 점령 계획을 수립하고 실행해야 했다. 그럼에도 내 계획이란 오메가의 탈취에 관한 것이었을 뿐, 그 기계의 운영에 관해서는 거의 한 걸음도 내딛지 못했어. 아니, 어쩌면 그것은 결코 내딛을 수 없는 성질이었을지 모르지. 무한하게 찍어내는 기계를 운영하며, 그것을 운영하는 사람들의 욕망까지 함께 제어해야 했으니……, 그것이 과연 가능한 일이었을까? 그 기계는 결국 내 손아귀로부터 영영 벗어날 운명이 아니었을까? 한스러운 감정이 치밀어오르며 눈앞이 흐려졌다.

"저 모습을 보세요."

루나가 의기양양하게 외쳤다. 루나가 가리킨 곳에는 네거리 한가운데 조금 높은 연단이었다. 그 위에 호루라기를 불며 차들의 움직임을 지시하는 자원봉사 경찰이 서 있었다. 루나는 자신의 말이 맞지 않느냐는 의미의 미소를 띤 채 나를 바라보았다. 어제 밤의 횡포가 아니었다 해도, 이제는 도저히 회복이 불가능할 정도로 멀어져버린, 나와 루나 사이의 거리가 아련하게 느껴졌다. 잠시 뒤 루나의 차가 멈춰 선 곳은 벌판 옆의 공터였다. 그곳에는 기다란 천막 같은 것을 여러 채 세워놓고 음식을 나누어주는 무료급식소가 있었다.

"내리세요," 하며 루나가 차의 시동을 끄고 먼저 내렸다. 내가 그녀를 따라 내렸다. 배식대 뒤에는 아주머니 세 사람이 서서 식판에 음식을 담고 있었다. 앞의 사람이 밥을 담으면, 그다음 사람은 야채와 어묵을 놓아주고, 맨 마지막 사람은 국자로 국을 떠주었다. 배식대 앞에는 긴 줄이 늘어서 있었다. 줄을 이룬 사람들은 자신의 집에서는 밥조차 얻어먹지 못할 초라한 행색의 노인들이 대부분이었다. 루나가 그 줄의 뒤편으로 다가가더니 맨 뒤에 섰다. 사람들이 자원봉사에 임하는 모습을 구경하자는 의미로 받아들였다가는, 나는 그만 깜짝 놀라고 말았다. 그제야 그녀의 의도가 느껴지며 수치심으로 몸이 오그라드는 느낌이었다.

"지금 뭐하는 거야!"

"저 밥이라도 들어가야 허기가 가라앉을 거 아니에요."

"아냐! 아냐!"

내가 뒷걸음질 치며 손을 내저었다. 나는 결단코 이런 줄에는 설 수 없었다.

"우리는 이 나라의 보통 시민이에요. 무엇 하나 다를 것 없는 보통 시민이라구요."

루나가 고집스런 목소리로 나직하게 내뱉었다. 그녀의 미모는 너무나 두드러졌기에 그녀의 뒤편에 선 한쪽 다리를 절름거리는 할아버지가 루나를 힐끔거리며 쳐다보았다. 마치 나병 환자 무리에 놀라듯 나는 공포에 질려 그들로부터 너덧 발짝 물러났다.

"그 누구건 자원봉사는 해야 해요."

루나가 위협하듯 호소하듯 말했다.

"쿠폰의 적립을 위해서라도, 다른 봉사자의 서비스를 얻기 위해서라도, 아니 무한복제기계의 혜택을 얻기 위해서라도……, 쿠폰은 꼭 있어야 해요. 고집 때문이건, 무능해서건, 쿠폰을 모으지 않을 경우…… 타인의 서비스를 얻을 수 없어요."

"자원봉사의 맞교환? 그렇게 해서 멋진 신세계가 운영된다?"

나는 허망한 웃음을 지었다. 루나는 망연자실한 표정으로 내 모습을 바라보았다.

"소리가 들리네. 소리가……," 나는 귓바퀴 한쪽에 손바닥을 둥그렇게 모으며 뇌까렸다. "내가 사회의 밑바닥으로 굴러떨어지는 소리가……. 이런! 이런! 아무런 쓸모도 없는 인간이잖아. 무한복제 세상의 쓰레기장으로 굴러떨어지다니……. 쿠폰조차 얻는 걸 거부하다니……."

줄에 선 사람들이 이해하기 힘들다는 눈빛으로 나와 루나를 번갈아 바라보았다. 입을 제대로 오므리지 못하는 할아버지가 "허" 하고 웃음을 터트리더니 손바닥으로 입가의 침을 닦았다. 이따위 인간들의 틈바구니에 낄 수 있는 것은 바로 루나의 대담함이었다. 그것은 자신의 자아상이 분명하기에 갖게 되는 자신감이기도 하다. 나는 그런 용기를 갖지 못했다. 내 자아상은 해체되었기에 밑바닥 인간들 틈에서조차 공포를 느낀다.

"그게 정말 하니를 위한 최선이라고 생각하나요?"

루나가 줄을 따라 앞으로 나아가며 나에게 따졌다.

"하니? 그래 하니! 그 아이에게 해준 자랑스러운 일이라곤 오로지 내 유전자를 물려준 것 하나일지 모르지. 그러나 나는 자신해. 만약 내 유전자가 발현된다면, 그래서 하니가 나를 닮았다면 내 유전자는 강력한 힘을 발휘할 거야! 엘파이의 1만 2천 직장인뿐 아니라 전 세계를 좌우할 힘을 과시할 거라니까!"

그러나 허망했다. 한없이 허망했다. 인간의 힘, 그 강력함을 무력화시키는 세상에서 강한 유전자가 무슨 쓸모가 있을까. "나는 하니에게 가르치겠어. 이 나약한 무한복제 세상이 얼마나 한심한지를……. 반대로 지나간 자본주의가 얼마나 아름다웠는지를……. 사라진 세상에서는 모든 인간이 타인과 피눈물 나는 경쟁을 벌였다, 그 누구도 태만하게 놀 수 없었다, 각자는 자신의 일자리에서 최선을 다했으며, 세상의 가장 높은 위치에 올라서려 애썼다." 나는 뺨의 근육이 실룩이는 것을 느끼며, 나 자신의 얼굴 근육조차 어떻게 할 수 없는 내 스스로에게 경악하고 있었다. 나는 궁지에 몰린 짐승처럼 거친 숨결을 내뿜으며 고집스럽게 외쳤다. "하니야! 너처럼 강한 유전자를 타고난 아이는 이 나약한 무한복제 세상에선 결코 행복해질 수 없다! 그러니 무한복제 세상을 전복시키는 걸 네 삶의 목표로 삼아라! 이놈의 썩어빠진 사회에서 나약하게도 기계가 주는 복제품이나 받아먹는 인간들을 호되게 후려쳐라! 그것만이 네가 할 일이다……!"

줄에 서 있던 어떤 부랑자 타이프의 남자가 내게 휘파람을 불며 박수를 쳤다. 나는 숨이 차고 목이 바싹 말랐다. 완전히 고갈된 것이다. 내 가슴은 새카만 재만 수북하게 쌓인 타버린 벌판 같았다.

루나는 내 앞날을 걱정하는 서글픈 눈빛으로 나를 바라보고 있었다. 줄은 줄어들어 어느새 루나가 배식대 앞에 섰다. 키가 작고 펑퍼짐한 40대의 아주머니가 루나의 외모며 옷차림에 놀라는 눈치였다. "좀 많이 퍼 주세요,"
하고 루나가 부탁하자 아주머니는 기꺼이 한 주걱의 밥
을 더 퍼주었다. 루나는 고맙다며 다음 아주머니에게로
향했다. 망연자실해진 나는 루나로부터 시선을 거두어 멀
리 떨어진 벌판을 바라보았다. 무성하게 자라난 풀숲과
구부정한 나무들이 보였다. 이제 끝이다. 세상이 나를 거
부하는 게 아니라 내가 세상을 거부하고 있다. 나는 어디
로 가야 하나. 나는 정처 없이 걷기 시작했다. 나뭇가지가
밟혀 부서지는 소리가 났다. 저 벌판에는 무한복제와 거
리가 먼 그 무언가가 나를 기다리고 있겠지. 새와 나무와
시냇물. 무한복제를 알지 못하는 생명체들. 야생 고양이
한 마리가 멈추어 서서 나를 바라보았다. 나를 피해 달아
날까 말까 눈치를 살피는 자세였다. 도망가지 마. 내 품
에 안겨. 고양이는 걸음을 살금살금 옮기더니 나로부터
멀어졌다. 여기가 어딜까? 천국일까? 지옥일까? 나는 하
늘을 바라보았다. 쌀쌀한 바람이 불어와서 잎사귀가 떨
어지고 있었다. 해골이 덜그럭거리는 폐허. 죽음의 밧줄.
묘지의 손짓. 단두대의 칼날. 이렇게 끝나는 걸까?

2

루나와 하니가 떠나간 그 이튿날 이 땅에 무한복제기계가 도착했다. 나는 내 파멸의 드라마를 텔레비전에서 펼쳐지는 축하 공연으로 자축했다. 월드컵 경기장의 한 가운데에서 무한복제기계가 베일을 벗었다. 나는 서랍장 속에 든 중국산 독주를 꺼내 유리잔에 가득 부었다. 잔을 들이키자 취기가 끓어올랐다. 뱃속에 들어간 불덩이는 몸을 뜨겁게 달구어 혼자 남은 집의 적막을 가시게 했다.

광란과 찬탄이 휩쓸고 간 이튿날이었다. 거실 바닥이 엷게 떨렸다. 나는 쓰린 속을 껴안고 바닥에서 깨어났다. 자리에서 일어나서 창밖을 보자 저택 맞은편 평원에서 거대한 흙먼지가 일고 있었다. 내가 잠에서 덜 깬 것은 아닌지 의심스러워서 눈을 찡그려보았다. 부연 먼지 사이로 거대한 건물이 솟아나고 있었다.

그렇게 해서 백화점이 세워진 것이다. 그 광경은, 지반을 파서 철골을 세우고, 콘크리트를 부은 뒤 내장을 붙여나가는, 여느 건물의 건축 방식과는 사뭇 달랐다. 건물 발파 장면을 찍은 필름을 거꾸로 돌렸을 때처럼, 평원 한

가운데로부터 까마득한 높이의 건물이 불과 몇 초 사이에 불쑥 솟아났다. 무한복제기계가 건물 정보를 내장한 채 이 땅에 건너왔고, 그 정보를 이용하여 순식간에 백화점을 세운 것이다.

평원에는 깨알 같은 군중이 모여 있었다. 그들은 아련한 현혹감 가운데에서 백화점이 들어서는 광경을 바라보고 있었다. 백화점의 정경은 빠르게 바뀌어 갔다. 거대한 주차장이 들어섰다. 광활한 테마파크가 조성되었으며, 온갖 꽃들이 만발한 정원과 수많은 놀이기구로 꾸며진 공원이 들어섰다. 구경꾼은 어느새 행락객으로 바뀌었다. 그들은 백화점 내부와 그 주변의 놀이공원 곳곳으로 흘러들었다.

테마파크 뒤편의 둥그런 동산으로부터 주홍빛 노란빛 행글라이더가 쏟아져 내렸다. 행락객을 실은 형형색색의 행글라이더는 파란 하늘을 배경으로 두둥실 떠올랐다. 롤러코스터나 자이로드롭이 하강할 때마다 탑승객이 내지르는 비명이 너른 들판에 아득하게 번졌다. 내가 백화점을 찾은 것은 며칠 뒤였다. 그곳은 벽의 테두리에 섬세한 돋을새김이 새겨져 있고 천사들의 귀틀장식이 곳곳에 솟아 있는 웅장한 대리석 건물이었다.

　백화점에 몰려든 많은 사람은 건물의 아름다움에 찬사를 쏟아냈다. 어떤 이들은 건물의 까마득한 높이에 압도당하기도 했다. 그럼에도 내 기분은 그들과는 달랐다. 백화점은 어디로부턴가 복제해 왔을 테니, 세상 그 어딘가에 원래의 건물이 있을 게 분명했다. 생각하면 가슴이 쓰렸다. 회사의 연구팀이나 기술팀이 해체되어 앞으로는 그 어떤 신기술의 창조도 불가능해진 것처럼, 건축양식도 새로움이라곤 완벽하게 소멸될 게 틀림없었다. 중국의 자금성이건, 페트라의 사암 건축이건, 가우디의 조개껍질 성당이건, 세상의 모든 창조적인 건축양식은 설계자의 구상과 수많은 건설노동자의 협력이 아우러진 산물이다. 바뀐 세상에선 그 누구도 타인의 노동력을 빌리지 못할 터였다. 따라서 아무리 창의적인 건축 디자인이 떠오른다 하더라도, 그 찬란한 아이디어는 떠오르는 순간 희뿌연 아침 안개처럼 허공에 흩어질 운명이었다. 말하자면 그것은 장르의 소멸이었다. 그럼에도 지금 내 눈앞엔 복제된 진열품을 탐하는 수많은 고객이 복제 건물을 향해 허겁지겁 몰려들고 있었다. 복제품과 진품을 구분하지 못하는 저들이야말로 깊이를 상실한 인류일지 몰랐다.

　백화점의 주변에는 입에 호루라기를 문 자원봉사자가 줄을 잇는 자동차들을 주차장으로 안내하고 있었다. 백화점의 입구에는 리더기를 건네주는, 다른 자원봉사의 무리가 기다리고 있었다. 녹색 제복을 입은 아주머니가 내게 리더기를 건넸다. 입장객들은 리더기를 받아서 분주한 걸음을 옮기고 있었다. 백화점에 들어서자 천장에 화려한 샹들리에가 빛났다. 샹들리에 아래 거대한 벽화가 걸려 있었다. 초록빛 풀밭 위에 벌거벗은 남녀가 손을 맞잡고 춤을 추는, 마티스의 「댄스」였다. 그림 아래에는 다음과 같은 문구가 새겨져 있었다.

우리가 맞이한 무한복제 세상, 이곳에서 함께 손잡고,
모두가 자유로울 수 있습니다.

'하! 모두가…… 자유로울 수 있다……!'

　나는 탄식했다. 채 교수와 벌였던 그 갇힌 날의 언쟁이 떠올랐다. 채 교수는 자신의 젊은 시절을 회상하며 앞으로 닥칠 미래를 예찬했다. 그는 학창시절에 편의점이나 레스토랑에서 아르바이트를 하며 학비를 벌어야 했다고 한다. 팔아버린 시간의 사슬에 매인 채, 채 교수는 마치 몸을 파는 창녀처럼 시키는 일만 해야 했던 노예였다고 한탄했다. 이와 반대로 다가올 세상에서는 그 누구도 시켜서 일할 필요가 없으니, 노동으로부터의 자유를 구가하는 것 아니겠냐고 했다. 그 무렵 나는 암울한 수인 신세였기에 채 교수의 주장에 극심한 혐오감을 품었음에도, 그 어떤 반론도 펼치지 못했다. 그럼에도 내 마음에는 채 교수에 대한 정확한 가격이 숨겨져 있었다.

모두가 자유롭다는 이야기만큼 난센스가 어디에 있을까. 인간이 누리는 자유란 힘을 포함한 개념이다. 한 인간은 다른 이들의 삶과 운명을 지배할 때, 그때에야 비로소 자유로운 법이다. 나는 한때 1만 2천 직원을 부리며 내가 구상하던 사업을 그들의 노동을 빌어 진척시켜 나갔다. 그 순간 나는 진정 자유로운 인간이었다. 나는 한때 거창한 연회를 벌여 아리따운 처녀들을 마티스의 그림 속 인물들처럼 알몸으로 춤추게 했다. 그 순간 내가 누렸던 기쁨이야말로 진정한 자유인의 기쁨이었다. 타인을 복종시킬 힘을 갖지 못한 인간은 그 누구도 자유로울 수 없다.

그들이 누리는 것은 모래알처럼 의미를 잃은 금은보화거나, 끝없이 펼쳐진 공허일 따름이다.

자본주의 시절의 부르주아들은 저 위대한 마케도니아의 대왕이나 페르시아의 샤가 누렸던 부와 사치를 맛보려 안간힘 썼다. 무한복제 세상의 시민들은 자본주의 시절 최상층 부르주아의 영광을 맛보려 안간힘 쓰고 있다. 그럼에도 이 시대의 시민들이 깨닫지 못하는 진실이 있다. 예전 상류층 사람이 백화점에 들어서서, VIP 대접을 받으며 누렸던 것은 단지 귀금속이나 보석류만은 아니었다. 그들은 곱게 얼굴 화장을 하고 날씬한 다리를 내놓은 채 손님을 맞던 아름다운 처녀들의 존중을 즐겼다. 두 손을 모으고서 상냥하게 웃으며, "안녕하십니까, 고객님? 어서 오십시오," 하고 고개를 숙였던 어여쁜 처녀들, 그녀들은 과연 어디로 갔을까?

방금 전 내게 리더기를 건넸던 자원봉사자의 얼굴이 떠오른다. 녹색 셔츠를 느슨하게 걸친 뚱뚱한 체구의 자원봉사자였는데, 동네 어디에서나 마주칠 아주머니였다. 암소의 허벅지처럼 넓적한 얼굴에 코밑에는 불그스레한 사마귀가 돋은 그녀는, "이걸 받아요. 왼쪽은 복제 버튼, 오른쪽은 취소 버튼이에요." 하며 내게 리더기를 건넸다. 그녀의 태도에는 나에 대한 존중이라곤 손톱만큼도 없었으며 복종은 더더욱 없었다. 이 시대가 놀라운 신통력을 발휘하여 모든 인간으로부터 복종을 빼앗아간 것이다. 결국 이 시대의 고객은 자유를 만끽하기 위해 들뜬 얼굴로 백화점을 향해 달려가지만, 그들이 얻을 것이라곤 해변의 모래알처럼 의미를 상실한 귀금속일 뿐이다.

나는 일주일에 한두 번 백화점을 찾고 있다. 오직 먹고 살기 위해서다. 내가 주로 찾는 곳은 지하매장이다. 그곳에는 일회용 국밥이나, 렌지에 데워 먹는 샌드위치, 통조림 참치를 비롯하여 옛날 편의점에서나 볼 수 있던 생활용품이 진열되어 있다. 백화점까지 와서 기껏 편의점 물건을 찾을 사람은 없겠기에 지하에는 인적이 거의 끊겼다. 간혹 장소를 잘못 찾은 사람이 그곳까지 내려왔다가 곧바로 다시 올라가기도 하고, 백화점 내부에서 희귀한 장소를 구경하려는 이가 가끔 들르기도 한다. "와, 컵라면이 다 있네. 이거 끓는 물을 부어 먹는 거야. 옛날엔 이렇게 살았어," 하며 아이들에게 자세하게 일러주는 엄마도 있다. 그럼에도 그 누구도 그곳에 오래 머무르진 않는다.

기이하게도 나는 지하가 편했다. 물론 대개의 사람은 백화점의 40층부터 60층까지 즐비한 레스토랑 구간이 훨씬 낫다고 주장할 것이다. 그 구역에는 전 세계의 진미가 구비되어 있고, 수많은 종업원이 자원봉사를 하고 있다. 나는 서비스 쿠폰을 보유하지 않았기에 종업원의 서비스를 받을 수는 없다. 그렇다고 해서 물건을 복제할 자유까지 박탈당한 것은 아니었기에, 집에 가져가서 요리해 먹을 고급 식재료가 진열된 백화점 상층을 이용할 수는 있었다. 그럼에도 타인의 시선을 받지 않는 지하가 훨씬 편했다.

루나는 자원봉사를 거부하는 내 행위가 부질없는 짓이라고 간섭하곤 했다. 하니를 생각해서라도 결코 그래서는 안 된다는 것이었다. 나는 아무런 대꾸도 하지 않고 그녀와 헤어졌다. 그 후 날짜를 헤아리는 습관마저 잃어버렸다. 한때 다이어트와 헬스 트레이닝으로 잘 단련되었던 내 배는 임신부의 아랫배처럼 튀어나왔고, 국밥을 삼킬 때면 기다랗게 자라난 염소수염에 국물이 묻곤 한다.

백화점 곳곳에 설치된 거울을 보지 않고 지나쳤기에 나 자신의 모습조차 잊고 말았다. 이런 나는 거울 앞에서 나르시시즘에 빠져 몸단장을 하곤 했던 예전의 나로서는 상상조차 할 수 없는 일이다.

생각해 보면, 이제 타인의 존중이라곤 전혀 받을 수 없는 나 자신을, 아예 '보이지 않는 인간'으로 지워버리고픈 것일지 모른다. 그게 아니라면, 내가 속한 곳은 이 순간의 '여기'가 아닌, 이제는 사라져버린 다른 세상이고, '그곳'에서는 내가 전혀 다른 존재였다는 뒤틀린 우월감의 역작용 때문일 수도 있다. 이렇듯 내 자신은 극단의 자기혐오와 극단의 자아도취 사이를 오가는 분열된 모습으로 살아가고 있다.

3

육류 코너에서 한 사내와 마주쳤다. 그는 햄 진열대 앞에 서서 얇게 썬 햄을 뒤적이고 있었는데, 머리를 산발하고 너저분한 구멍이 뚫린 바지를 걸친 모습이 내 가슴을 자르르하게 했다. 곁눈으로 살피니 사십대 후반쯤 되어 보이는 얼굴에는 억센 돼지털 콧수염을 기르고 있었다. 거울에 비친 나 자신을 마주하는 느낌이랄까. 험난한 시절을 견디는 영혼이 또 있구나, 하는 생각에 가슴이 들끓었다. 그 사내 또한 나를 눈치챈 듯했다. 그럼에도 그는 내게 말을 걸거나 시선조차 주지 않고선 매장 저편으로 사라져버렸다.

생각해 보면 나나 그 사내처럼 새로운 세상에 저항하는 사람이 그리 많지 않다는 사실이 놀랍지는 않았다. 적지 않은 기업가가 자살을 택했다. 살아남은 상류층 사람들은 새로운 세상에 적응하느라 애쓰는 중이다. 루나는 백화점 91층의 마르크 샤갈 코너에서 일하고 있다. 하니는 보통의 아이들이 다니는 일반인 학교에 입학했다. 나처럼 길 잃은 영혼만이 유령처럼 떠돌고 있을 뿐이다. 그럼에도 나는 늘 반란을 꿈꾼다. 따스한 햇볕이 드는 백화점의 창가에 앉아서 낮잠에 빠져든 듯하지만, 그 와중에도 여러 번 창과 칼이 부딪치는 꿈을 꾸곤 한다. 쟁쟁한 칼날의 울림 끝에 '회사 인간'들이 승리하고 예전의 세상이 승리하는 희열에 도취되는 것이다. 잠에서 깨어나면 가슴이 답답해지는 개꿈일 뿐이지만…….

진열대의 국밥을 바라보며 그 어떤 막연한 상념에 젖었던 순간이었다. 매장 끄트머리로부터 소음이 들렸다. 누군가가 다투는 소리 같았다. 방금 헤어진 사내가 퍼뜩 떠올랐다. 인간끼리의 다툼이라니! 무한복제 세상에서 실종되었다고 믿었던 싸움을 다시 보는가! 하는 경이감에 기분이 흥겨워졌다. 그러나 다시 생각해 보니 별일 아닐 거라는 심란한 느낌도 섞여들었다. 걸음을 옮겨 소음이 나는 쪽으로 다가가 보았다.

매장 끄트머리의 화장실 부근이었다. 〈청소 중〉이라는 노란 팻말이 바닥에 세워져 있고, 그 곁에는 작은 양동이가 놓여 있었다. 연녹색 제복을 입은 청소부가 보였다. 그는 무언가에 쫓기는 듯 두 손을 치켜든 채 뒷걸음질치고 있었다. 나는 껌이며 초콜릿을 진열해놓은 진열대 뒤편에 몸을 숨겼다. 대걸레 자루가 청소부를 겨냥하고 있었다. 누군가가 청소부로부터 대걸레를 빼앗아서 자루를 들고 위협하는 모양이었다. "이런 일을 왜 하냐니까?" 복도 안쪽에서 캐묻는 소리가 튀어나왔다. "제발, 왜 이러십니까?" 대걸레를 빼앗긴 청소부가 두 손을 든 채 사정하고 있었다. 금테 안경을 쓴 청소부는 부드러운 눈빛에 지성인처럼 보이는 하얀 얼굴이었다. "너 더러운 일이 좋니? 정말 좋으냐니까?" 성난 언성이 다시 복도 저편에서 울려왔다.

지금 내 눈앞에서 벌어지는 일은 보기 드문 소란이요 폭력이었다. 무한복제 세상이 등장한 뒤 세계 곳곳에 존재했던 분쟁이나 갈등은 사라졌다. 전쟁은 아예 자취를 감추었으며, 길거리의 폭력이나 가정폭력도 급속하게 줄었다. 법원에 쌓였던 고소 고발 사건은 거의 사라져서 사람들의 얼굴은 대개는 편안했다. 심지어 백화점을 지키는 경비원의 숫자도 그리 많지 않았는데, 그들의 업무는 아픈 사람을 챙기거나, 누군가가 다쳤을 때 구호하는 일로 바뀌었다. 따라서 그 누군가가 청소부의 대걸레를 빼앗아선 협박한다는 일은 이 사회에선 좀체 보기 힘든 날 것의 폭력이었다.

"제발, 이러지 말아요."

벽에 몰린 청소부가 사정했다.

"너, 똑바로 말해! 지금 이게 시켜서 하는 일이야? 자원봉사야?"

말이 튀어나올 때마다 대걸레의 자루가 청소부의 가슴팍을 찌를 듯 앞으로 툭툭 내밀어졌다.

"자원봉사입니다!"

청소부가 군대의 졸병처럼 똑 부러지게 외쳤다.

"거짓말!"

대걸레가 불쑥 튀어나오며 청소부의 가슴팍을 찔렀다. 청소부가 비명을 지르며 가슴을 움켜쥐었다. 대걸레를 치켜든 인간이 벽이 구부러진 저편으로부터 튀어나왔는데, 과연 돼지털 콧수염이었다. 그는 거친 욕설을 내뱉으며 대걸레 자루로 청소부의 가슴과 배를 찔러댔다. 청소부는 신음을 쏟아내며 몸을 비틀었다.

"너 혼자 이타적이야? 너 혼자 고상하냐고? 네 놈은 똥묻은 변기가 좋아서 닦니?"

돼지털 콧수염은 분노에 차서 침을 튀기며 고함치고 있었다. 나는 진열대 뒤편에 숨어 긴 한숨을 내쉬었다. 나는 돼지털 콧수염의 분노를 이해한다. 한때 나 자신이 바로 저 사내와 유사한 생각을 품었다. 인간이란 누구나 이기적이기에 하층 노동에 자원할 사람이 없을 거라고 믿었다. 그래서 무한복제 사회는 아래로부터 무너져 내릴 거라고 확신했다. 그런데 갑자기 자원봉사자가 늘기 시작했다. 거리는 깨끗해지고 평온해졌으며, 세상의 붕괴를 바랐던 내 기대는 물거품으로 바뀌었다. 돼지털 콧수염은 그 무수한 평론가들이 떠들어댄 사회의 '자기 조직화'라는 이야기를 듣지 못했을까? 아니 그런 이야기를 듣지 못했다기보다는, 그의 머릿속이 과거의 어느 특정한 시점에 영영 멎어버린 것이 아닐까?

"이놈아! 왜 날 속이는 거니? 너, 날 바보로 알아?"

돼지털 콧수염은 대걸레로 찌르는 것으로 부족하여 벽에 몸을 의지한 청소부의 목을 대걸레로 조르기 시작했다.

"진짭니다······! 노, 동, 의, 종, 말······!"

목이 졸린 청소부가 필사적으로 외쳤다.

"뭐? 노동이 어떻게 되었다구?"

돼지털 콧수염이 더 심하게 대걸레로 목을 눌렀다.

"태······, 태, 양, 의, 나, 라······!"

청소부는 얼굴이 새빨개지고 눈알이 튀어나올 듯 부풀어 외쳤다.

"이 개자식이!"

돼지털 콧수염은 청소부의 얼굴에 가래침을 뱉으며 거칠게 눌렀다. 그 사내는 토마스 캄파넬라도 몰랐고 『태양의 나라』도 몰랐다. 한때의 기업가가 저 지경이면 미쳐도 단단히 미친 것이다. 평의회가 자원봉사의 필요성을 고민할 때 참조했던 소설이 바로 토마스 캄파넬라의 『태양의 나라』였다. 『태양의 나라』 주민들은 감자와 밀을 경작하던 중세의 농민들이다. 그럼에도 그들은 하루 네 시간의 공동노동으로 행복해 한다. 만약 중세의 유토피아 주민이 그런 공동노동에 종사해야 한다면, 무한한 생산력을 갖춘 무한복제 사회에서는 얼마만큼의 자원봉사가 필요할까? 평의회는 일주일에 여덟 시간의 자원봉사면 충분하리라는 결론을 내렸다. 그 시간은 남이 시켜서 일하는 지겨운 순간이 아니었다. 무한복제 세상에 들어서서 노동은 종말을 맞이했으니, 이제 사람들 앞에 놓인 '여덟 시간'은 진지하게 고민해야 할 숭고한 순간이었다. 그것은 의미 깊은 헌신의 순간이었으며, 깊이 숙고해서 결정해야 할 타인과의 관계 맺음의 시간이었다.

어떤 사람은 어린아이의 영혼을 돌보는 일에서 의미를 찾았다. 어떤 사람은 요양원에서 죽음 직전의 노인을 보

살피며 삶과 죽음을 숙고할 시간을 가졌다. 대다수 지성
인은 정화조 청소나 거리를 치우는 일에 뛰어들었다. 지금
대걸레로 목이 졸리는 저 청소부야 비록 화장실을 치우고
있지만 하얀 얼굴의 지성인임이 분명해 보였다. 자원봉사
의 시간이 끝나면 서재에 앉아서 철학 서적을 집필하거나,
연극 대본을 고치거나, 평의회의 소모임에서 발표할 정견
을 정리할지 몰랐다. 그럼에도 돼지털 콧수염의 목조르기
는 잔혹하게 거세어지고 있었다. 그대로 내버려 두면 청소
부가 죽을지 몰랐다. 나는 마침내 진열대 바깥으로 뛰어
나갔다.

"그만해요!"

내가 외치며 돼지털 콧수염이 치켜든 대걸레를 붙잡았
다. 돼지털 콧수염이 나를 노려보았다. 그는 놓치지 않겠
다는 듯 대걸레를 단단히 움켜쥐고 있었으나 뜻밖에도
순순히 밀렸다.

"왜 이래……? 당신 사람을 죽일 작정이야?"

내가 화를 내며 따지자 돼지털 콧수염이 힘이 빠지는
모양이었다. 눈을 아래로 깔고선 자신의 행동이 잘 이해
가 안 된다는 듯 어깨를 으쓱 하더니 쥐고 있던 대걸레를

스르르 놓아버렸다. 청소부는 자신의 목을 쥐고 껙껙거렸다.

청소부로부터 멀어진 뒤였다. 돼지털 콧수염은 두세 발짝 뒤에서 나를 따라오고 있었다. 뒤를 돌아보진 않았지만 그가 따라오는 기척을 느낄 수 있었다. 내가 걸음을 늦추면 그도 걸음을 늦추었다. 내가 걸음을 빨리 하면 그도 따라서 빨리 했다. 두 사람이 그렇게 걸어가는 모습을 예전에 어느 로드 무비에선가 본 듯했다. 나에게는 이 모든 정황이 부질없고 공허할 뿐이었다.

"왜 그래! 그만 가라니까!"

내가 뒤를 돌아보며 외쳤다. 그는 잠시 우물쭈물하더니, 나더러 혹시 엘파이의 이산 회장 아니냐고 물었다. 나는 사람을 잘못 보았다고 대답했다. 그 사내와 함께 있는 것이 견디기 힘들었고, 이제는 나 혼자의 공간으로 돌아가고 싶었을 따름이다. 그럼에도 돼지털 콧수염은 나를 놓아주지 않았다.

"회장님, 회장님……."

그는 아첨하듯 속삭이며 잰걸음으로 따라왔다.

"수만 명의 직원을 거느렸지요? 자회사만 해도 세계에 열두 곳이 넘었습니다. 저는 다 압니다. 저야 회장님보단 미미하지만……."

돼지털 콧수염은 충성스런 개처럼 달라붙었다.

"어때요, 회장님……. 이놈의 세상이 지긋지긋하지 않습니까? 이놈의 망할 세상을 뒤엎을, 그 어떤 방법을 계획하고 있지 않으신지……? 저보다야 훨씬 잘 아시겠지만……."

돼지털 콧수염은 커다란 이빨을 드러내며 치근덕거렸다. 그 순간 나는 그의 거친 행동을 말렸던 일을 후회했다. 그냥 모르는 체 넘어갔어야 했다. 내가 친밀감을 느끼는 쪽이야 지식인 타이프의 청소부가 아닌 바로 돼지털 콧수염이었고, 그의 분노가 나의 분노였으며, 그의 슬픔이 바로 나의 슬픔이었다. 때로는 나 스스로가 바로 돼지털 콧수염처럼 거친 손놀림으로 그 누군가의 목을 조르듯, 무한복제 세상을 목 졸라 죽일 상상을 하곤 했다. 그럼에도 기업가로서의 오랜 단련이 그런 행위를 삼가도록 했다.

"회장님, 이 세상을 폭파시킬 방법을 연구하시지 않습

니까? 세상을 뒤바꿀 방법을 기획하지 않으시냐고요?"

이 세상을 폭파시킨다! 비록 지금이야 사회의 밑바닥 부랑아 신세지만, 청소부의 목을 졸라 새 세상을 만든다는 생각을 해본 적 없다. 비행기를 몰고 무역센터에 돌진해서 새 세상을 만들 생각도 해본 적 없어. 기업가는 선구자여야 한다는 아버지의 가르침이 늘 귓전에 생생하다. 기업가는 신기술을 개발하거나, 새로운 삶의 양식을 제공함으로써 사회에 기여해야 한다는, 경영학에서의 가르침 또한 뿌리 깊다. 그렇다면 내가 왜 돼지털 콧수염을 말렸던 것일까? 무한복제 세상이 가져다준 비폭력과 평화가 내게 만족을 주었단 말인가? 내가 나도 모르게 무한복제 세상에 물들어 평화주의자로 전향했단 말인가? 잠시 내 자아가 분열되어 내 행동의 의미조차 파악할 길 없는 혼돈의 늪에 빠져들었다.

"회장님! 회장님!"

돼지털 콧수염이 소리쳤다. 나는 점점 뒤처지는 그로부터 벗어나려 거의 달음박질치기 시작했다.

"제 불행이 과연 누구의 책임입니까? 바로 회장님 책임 아닙니까?"

돼지털 콧수염이 내뱉은 거친 함성에 나는 멈추어 서버렸다. 결코 생각하고 싶지 않았던 섬에서의 일이 나를 사로잡았고, 군중 앞에 꿇어 엎드렸던 순간의 비애가 순식간에 밀려든 것이다. 눈앞이 캄캄해지더니 다리에 힘이 풀렸다.

"이 모든 책임이 바로 회장님에게 있지 않습니까?"

돼지털 콧수염이 복도 한 가운데 서서 사건의 본질을 알고 있다는 듯 소리쳤다. 그래, CEO는 책임지는 자리야. 나는 항상 직원의 삶을 책임져왔지. 고객의 행복도 책임져 왔어. 당신의 불행에 진정 책임이 있는 건 바로 나야. 그 자리에 그대로 쓰러질 것만 같았다.

"제가 청소부의 목을 졸랐던 이유가 무엇인지 아십니까? 제가 청소부를 때렸던 이유는요?" 나는 서서히 뒤를 돌아보았다. 돼지털 콧수염이 두 손을 펼쳐 하소연했다. "이 모두가 회장님과 소통하기 위해서였습니다. 왜 저를 피하십니까?" 그의 눈빛은 미친 사람의 눈빛이 아니었다. 귀찮게 치근덕거리는 이의 눈빛도 아니었다. 진실로 세상을 전복시키기 위해 스스로를 위장했던 이의 의지를 품은 비장한 눈빛이었다. 그의 하소연하는 시선과 나를 꾸짖는 외침이 가슴을 헤집고 들어왔다. 그 어떤 경우라도 나는 그를 외면할 수 없었다. 나는 그에게 다가가서 그 앞에 멈춰 섰다.

4

무한복제 시대에 들어서서 타인이 시키는 '노동'이 사라진 것은 이미 잘 알려진 사실이다. 그에 이어지는 두 번째 거대한 물결이 있었다. 바로 '가족'의 해체다. 인류학자 말리노프스키는 뉴기니 원시 부족의 오랜 관찰에 근거하여, 성혼에 이른 남녀 사이에는 제3자와 자신들을 구분 짓는 굳은 결속이 존재한다고 주장했다. 진화심리학자들은 이를 이어받아, 아이의 돌봄 기간이 동물 새끼의 돌봄 기간보다 훨씬 길기에, 엄마 아빠 사이에는 긴 인내와 애정의 시간이 필요하다고 주장했다. 이 모든 진술이 아이를 중심으로 맺어진, 엄마 아빠 결속이 인간 사회의 첫걸음부터 시작되었으며, 앞으로도 영원히 지속될 실체라고 느껴지게 했다. 그럼에도 그것은 영구불변의 진실은 아니었다.

무한복제 시대에 들어서자 인류는 가족의 굴레를 벗어던진 것이다.

공원이나 휴양지에서 마주치는 남녀의 모습은 자본주의의 여느 풍경과는 사뭇 다르다. 예전에는 유모차를 함께 모는 다정한 젊은 커플이나, 오솔길을 한가로이 산책하는 중년 부부와 자주 마주치곤 했다. 무한복제 시대에 들어서서는 그런 안정감이 느껴지지 않는, 열정적인 커플들의 애정 행각을 반복해서 목격하게 된다. 지금 내 눈앞의 잔디밭에는 50대로 보이는 남녀가 앉아서 진한 키스를 나누고 있다. 저 멀리 연못가의 갈대 수풀 속에는 70대의 할머니 할아버지가 상대의 몸을 탐하며 뜨겁게 애무하고 있다. 대다수의 사람들이 가족이 부여하는 평온함이나 질서라고는 거의 느껴지지 않는 격렬한 애정에 휩싸여, 서로를 껴안고 키스하고 애무하는 것이다.

이런 나의 목격담과 일치하게도, 텔레비전의 어느 칼럼 프로는 새 시대에 들어서서 가족의 소멸이 이루어지고 있다고 했다. 무한복제시대에는 그 누구에게나 무한한 물자가 제공된다. 세상의 대부분 엄마에게는 아이 키우는 일이 더 이상은 부담이 아니다. 양육 과정은 진정한 사랑으로 어린 인격을 키워낼 보람찬 시간이 되고 있다. 그리하여 대개의 남자는 가족이라는 유대에서 벗어나서 떠돌아다닐 자유, 혹은 방랑의 기회를 얻게 되었다. '가족'이란 생존경쟁에 시달려야 했던 옛 시대의 산물이었는지 모른다. 그 무렵 가족 구성원 각자는 스스로의 욕망을 자제하며, 자신의 후손을 조금이나마 잘 키워내려는 일념에서 아이 키우기에 진력했으리라.

무한복제시대에 들어서서 인간은 '노동'으로부터 벗어났듯이 '가족'이라는 오랜 굴레로부터도 벗어나게 되었다. 새로운 시대의 시민은 오래전에 레오나르도 디카프리오나 브리트니 스피어스 같은 부유한 연예인이나 누렸을, 2년이나 3년 단위로 파트너가 바뀌는 활활 타오르는 열정에 휩싸이게 된 것이다. 어느새 예전 지그문트 바우만이 예견했던 진정한 개인의 시대가 도래했는지 모른다.

며칠 전이다. 내 사촌 선우가 나의 대저택을 방문했다. 저택 곳곳에 쌓인 쓰레기 더미와 오랫동안 치우지 않은 신문지 틈바구니에서 숙식하며, 목욕도 하지 않고 수염도 깎지 않은 내 모습에 그는 그만 아연실색하고 말았다. 선우는 옛날 산속의 움막에 기거하며 외로이 생활하던 사회

부적응자를 떠올렸던 듯하다. 그는 우리 시대의 대저택이란 황폐한 감옥 아니냐며, 내 거처를 자신의 집 가까이로 옮기는 것이 어떻겠냐고 제안했다. 가까이에 살면서 서로 도움도 주고받고, 등산이나 낚시도 함께 다니는 것이 낫지 않겠느냐는 뜻이었다.

나는 선우의 마음 한구석에 나에게 삶의 희망을 심어주려는 담백한 의도가 담겼음을 이해한다. 남아 있는 나날을 나하고 함께 하고픈 소박한 애정도 느낄 수 있다. 따라서 내 마음에는 채 교수나 루나에게 품었던 울화나 분노는 일지 않았다. 선우는 이런저런 이야기로 나를 달래려다가, 자신의 수첩에 간직한 사진을 조심스럽게 꺼내 들었다. "제가 최근에 빠진 사람입니다. 〈테니슨을 사랑하는 모임〉에서 만났죠," 라고 머뭇머뭇 말하는 선우의 얼굴이 빨개졌다. 그의 표정에는 사랑에 빠진 사람 특유의 가벼운 흥분이 일고 있었다.

그가 나에게 내민 것은 손바닥 반절 크기의 사진이었다. 그런데 그 사진에는 사십 대의 나이에도 불구하고 아름다움을 잃지 않은, 어느 단정한 분위기의 여자가 미소를 짓고 있었다. 수줍게 웃고 있는 선우의 혈관에 사랑의 미약이 흐르고 있는 듯했다. 그 미약은 가슴을 바싹 타오르게 하고 정신을 혼미하게 하며 신열로 들뜨게 만든다. 나는 그런 가슴앓이에 빠진 선우가 내심 부러웠던 것만은 사실이다.

"그녀는 맑은 거울 같아요. 제 자신을 비춰주거든요."

"저를 켄타우로스 별자리라고 칭찬했지요."

"제 시를 온 영혼으로 사랑해주어요."

선우가 잇달아 그녀를 추켜 세웠다.

"자네가 시를 쓰나?"

내가 놀라서 물었다.

"22층 도서 코너에서 자원봉사를 하거든요. 그런데 주된 관심사는…… 시 맞아요."

그가 미소를 띤 채 대답했다. 그 순간 늘 남편에 대한 근심이 많던 그의 아내가 떠올랐다.

"집사람은?"

"헤어졌어요. 그 사람은 저를 조금도 이해하지 못했거든요."

선우는 자신이 간직한 뜨거운 감정이란, 바로 내가 회복해야 할 삶의 희열이라고 믿고 있었다. 그렇기에 그는 특유의 소심함에도 불구하고, 조금도 숨기지 않고 자신의 열정을 공들여 묘사했던 것이다. 그 순간 백화점의 91층 섹션에서 자원봉사를 하는 루나가 떠올랐다. 나는 스쳐 지나가듯 그곳을 지나치다가 우연히도 루나를 목격하고 말았다. 큐레이터 제복을 입은 루나는 타인의 시선에도 아랑곳하지 않고, 어느 미남 청년과 뜨거운 키스를 나누고 있었다. 그것은 예전에는 나하고 해본 적 없던 불타는 듯한 키스였다. 그러고 보면 인류는 갑작스레, 너무나도 갑작스레 사랑의 계절로 접어든 듯하다. 선우처럼, 루나처럼, 세상의 모든 남녀는 서로를 탐하고, 서로에게 취하고, 진정한 오르가슴에 도달하려 달콤한 신음소리와 열정적인 애무와 격렬한 자극으로 세상을 채우고 있는 것이다.

그런 정경은 내게는 중세의 화가 히에로니무스 보스가 그린 「쾌락의 정원」을 연상하게 한다. 아니, 또 다른 중세사가 요한 호이징어가 예찬했던 '호모 루덴스'라는 낱말을 상기시키기도 한다. 무한하게 주어지는 물품 덕에 풀숲과 정원에서 유희와 애무에 빠진 인간이란 『멋진 신세계』에 등장하는 진보를 잃어버린 인류일지 모른다. 아니

조금 심하게 표현하자면, 조지 웰스가 공들여 묘사한 미래의 인류, 지성과 언어 능력마저 잃어버린 채 오직 사랑한 가지에 몰두하는 에로이의 모습일지 모른다.

"정말 그렇게 생각하나요? 새로운 시대가 인간 정신을 퇴화시켰다고요?"

선우가 놀란 눈빛으로 나를 바라보았다. 나는 그의 표정에 거꾸로 놀라 말을 잇지 못했다.

"아무리 그래도, 시의 세계가 얼마나 놀라운 곳인지 이제야 깨달았는걸요. 예전에는 미처 몰랐던 정신의 영역이죠."

정말이지 예전에는 나의 이야기에 그 어떤 반박도 할 줄 몰랐던 선우다. 그런 그가 내게 조목조목 반박하는 모습은 바뀐 시대의 정신이 그에게까지 스며든 결과일 것이다. 사람과 대화하곤 했던 습관으로부터 격리되어가던 나는 조금은 열이 올라 내 심정을 설명하려 애썼다.

"회장님, 차라리 그 반대 아닐까요? 세상 사람들이 더 깊은 애정을 기울일 대상을 이제야 찾은 것은 아닐까요? 되찾은 열정으로, 정신세계에 목말라 하는 것은 아닐까요?"

선우가 조용조용 펼친 의견은 내 마음에 자그마한 파문을 일으켰다. 어떤 측면에서는 선우의 주장이 옳을지 모른다. 회사에 다닐 때만 해도 자금 융통이라든지 현금 관리에 골몰했던 그였다. 자신을 옥죄던 영수증이며 계산서, 대변, 차변의 세계에서 벗어나자 선우에게 새로운 세상이 열렸다. 그것은 진흙에 파묻힌 금맥처럼 찬탄할 어휘가 숨겨진 시의 세계였다. 진정한 자아 찾기를 갈망하는 광풍과도 같은 인간군상의 움직임을 설명하는 텔레비전 프로그램을 최근에 본 기억이 있다. 누구는 이젤을 들고 자연으로 뛰어든다. 누구는 연극 대본을 들고 셰익스피어를 외우고 있다. 다른 누구는 악기 연주에서 새로운 자아를 찾으려 애쓴다. 그래서 빚어지는 것이 모두가 배우요, 모두가 시인이며, 모두가 음악가인 세상이다. 적지 않은 신인류가 물질에의 관심을 잃어버린 대신, 새로운 세상에서의 자아 찾기에 나선 것처럼, 선우 또한 테니슨이나 워즈워드에서 사랑의 대상을 발견한 것이다.

돼지털 콧수염의 반응은 선우와는 정반대였다.

"에로이의 나라라. 제 말이 그겁니다."

그가 시큰둥하게 내뱉었다. 그는 예전에 윤활유사업을 벌였던 자그마한 회사의 CEO였다. 그는 자신의 이름을 로이라고 밝혔다. 그럼에도 나에게는 돼지털 콧수염이라는 원래의 애칭이 편했다.

"무수한 사람이 곳곳에서 연주회를 합니다. 도무지 들어줄 수가 없는 연주지요. 무수한 사람이 제각각 연극을 상영합니다. 시답지 않은 연기를 하는 햄릿들이라니!" 돼지털 콧수염이 냉소했다. "모두가 화판을 들고 들판에 나가서 그림을 그린답니다. 그런데 그 분위기가 예전 고흐나 모딜리아니가 겪어야 했던 궁핍이나 간절함과는 거리가 멀거든요. 사치와 유희로서의 예술이랄까? 댄디즘? 딜레탕트주의? 그런 분위기에서 무슨 진정한 걸작이 탄생할 수 있을까요. 완벽한 공허만을 반복할 뿐." 돼지털 콧수염은 자기주장을 펼칠 때면 입술을 비틀고 검지를 내밀어 어휘 하나하나를 강조하는 버릇이 있다. "새로운 인류는 무한한 풍요 속에서 성욕 한 가지만 불태우고 있어요. 성욕 이외에는 그 어떤 다른 분야에도 몰입할 능력을 잃어버렸죠."

"자네는? 성생활은 어떤가?"

"금욕이 낫습니다."

돼지털 콧수염은 시시한 대화를 견디지 못한다. 그는 새 시대의 학교 교육으로 화제를 돌려버렸다. "학교에서가 진짜 문젭니다. 아인슈타인이나 마리 퀴리를 가르치지 않아요. 그 수준에 이를 탐구 욕구 자체가 사라진 겁니다. 무한복제기계 덕분이죠. 이 얼마나 역설적입니까. '왼쪽은 복제 버튼.' '오른쪽은 취소버튼.' 이 한 마디면 다 이루어지니, 골머리를 싸맬 필요가 어디 있겠어요." 돼지털 콧수염은 희번덕이는 눈빛이 되어 이 사실이 믿어지느냐는 표정을 지었다.

"그런데 그보다는, 아인슈타인이나 마리 퀴리가 더는 존경해야 할 대상이 아니라는 겁니다. 존경받아야 할 대상이 오직 학생 자신이라는 거죠. 평범한 아이들을 모아 놓고 스스로를 존경하라고 가르치니, 세상에 이런 자아도취가 어디 있을까요." 그는 내 집 포석에 주저앉아 포석 사이로 자라난 잡풀을 뜯어 입에 넣었다. 그는 풀대를 잘근잘근 씹으며 이어나갔다. "예전에는 평범한 사람은 그 어떤 존경의 대상도 될 수 없었어요. 오직 탁월한 학생만이 존중의 대상이었죠. 그 누구건 어린 시절부터 탁월해지기 위해 학업 경쟁, 체력 경쟁, 예술 경쟁, 그 무수한 경쟁에 몰입해왔지 않습니까. 그런데 세상이 바뀌자 곧바로 경쟁이 사라졌어요. 이와 함께 탁월한 학생의 선별기능도 사라졌죠. 남보다 낫기 위한 그 어떤 노력도 함께 사라진 거예요. 그래서 말입니다. 인류는 그 어떤 성취조차 이룩할 힘을 잃어버린 겁니다."

나는 돼지털 콧수염의 푸념에 완벽하게 공감한다. 정말이지 인류가 『아마데우스』나 『타이타닉』 같은 정교한 영화를 만들었던 것이 언제였던가? 수많은 엑스트라가 참여하였고, 수많은 의상 담당과 분장 담당, 안무와 미술 담당, 음악 담당, 연출진과 편집진이 동원되어 장면 하나하나를 촬영하고, 이를 잘라내고, 다시 가다듬어 완성시키던 것이 언제였던가? 그것은 가히 철저한 위계와 업무분장 가운데 수많은 사람이 몰입하여 만들어낸, 칭송받아 마땅한 완벽의 추구 아니었던가? 오늘날 만들어지는 영화란 대개는 1인 영화거나 2인, 3인 영화다. 자기 혼자 즐기기 위하여, 혹은 생일파티 같은 상황에서 친구들 앞에서 상영할 목적으로 만들어지는 것으로, 상영과 더불어 곧 폐기될 조악하기 짝이 없는 영화뿐이다. 이것은 이 시대의 인류가 삶의 고통을 감내할 능력을 상실했기에 빚어지는 현상 같다. 새로운 인류는 부부관계가 부여하는 스트레스를 견뎌낼 힘을 잃었기에 가족을 해체시켰다. 이와 마찬가지 이치에서, 복잡한 인간관계가 부여하는 역할 분담과, 지시와 명령에 따르는 고통과 긴장을 참아낼 여력을 상실했기에, 예술영화를 만들 힘 또한 포기해버린 것이다.

백화점을 향해 난 오솔길을 내려갈 때면 고요한 느낌이 드는 정원을 지나쳐간다. 그곳을 지나칠 때마다, 함께 눈을 감고 명상에 침잠한 사람들의 무리와 마주치곤 한다. 때로는 짧은 타이스 같은 것을 걸친 채 긴 호흡을 가다듬으며 함께 팔을 뻗거나, 함께 기마 자세를 취하는 등, 몸 수련에 정진하는 무리도 보인다. 그들이 추구하는 것은 불교에서 말하는 선이거나, 이슬람이나 기독교에서 추구하는 구도일지 모른다. 나는 그들의 모습에서 경이로움과 아울러 아련한 슬픔을 느낀다. 명상이나 정신수련은 겉으로는 집단적인 성격을 띠고 있지만 철저하게 개인적인 행위이며, 삶의 비애나 고통과는 무관한 레크리에이션에 불과하기 때문이다.

그 결과 물질세계에서 이루어왔던 놀라운 탐사들, 미지의 개척들이 속속 포기되었다. 생명공학, 정보산업, 가전산업, 항공공학, 인공지능, 방송, 연예, 언론, 영화 등 수많은 분야에서 철저한 위계와 업무 분장 가운데 주도되었던 무수한 신제품 탐사나 새로운 영역의 개척이 이제 끝난 것 같다. 채 교수와의 마지막 언쟁이 떠오른다. 나는 끊임없이 용솟음치는 인간 정신의 힘을 예찬했다. 그런 힘에의 의지에서 비롯하여 놀라운 진보가 발생하며, 새로운 것을 이루려는 욕망이 약동한다고 주장했다. 진보를 위한 진보라고나 할까. 중국의 자금성이나 프랑스의 노트르담 대성당을 이루어낸 힘의 약동도 바로 그 같은 것 아니겠냐고 했다.

채 교수는 마치 실성한 환자라도 바라보듯 안타까워하는 시선을 내게 던졌다. 그는 피라미드나 자금성의 석벽을 쌓던 인부의 고난을 생각해 보았느냐고 내게 물었다. 그런 힘에의 약동이 수많은 사람에겐 고통이요 질곡이었다면, 과연 그게 무슨 소용이겠냐고 꾸짖었다. 지치지 않는 진보라는 개념이야말로, 극소수의 상류층이 보통사람을 착취하려 꾸며낸 허구 아니냐며, 얼굴이 벌개져서 혀를 찾다. 채 교수는 인류가 추구해야 할 진정한 목적이 있다면, 그것은 만인이 고르게 느끼는 행복이며, 만인이 함께 누릴 자유일 거라고 주장했다.

새로운 세상은 채 교수의 유토피아가 실현된 사회다. 그 결과 이룩된 것이 바로 풀밭에 드러누워 시를 읊고 사랑을 속삭이는 범인들의 세상이다. 이 세상에서 고통은 소멸되었으며 함께 편안해 한다. 나는 채 교수와는 다르다. 내가 진정 아끼고 사랑하는 이란 『백경』의 에이허브 선장 같은 인물이다. 그는 인간 내면의 광기와 열정을 자극시켜 부하 선원을 생사를 내건 고래와의 싸움으로 내몬다. 마침내 모든 선원이 죽음조차 두려워하지 않게 변신하고, 스스로를 몰아의 경지로 몰아가서 장렬하게 전사하고 만다. 거꾸로 지금 시대가 만들어낸 것은 가난의 소멸, 공포의 소멸이다. 그 결과 스러진 것은 바로 인간 정신에 깃들인 힘이다.

5

새로운 사상이란 그 어떤 위대한 한 사람의 독창적인 아이디어에서 시작하는 법은 없다. 기독교의 저항 사상은 로마의 압제 아래에서 신음하던 유럽과 서아시아 곳곳에서 싹트기 시작했으며, 근대의 사회주의 사상도 수많은 사회개혁가의 집필과 토론, 서신교환 과정에서 은연중에 불타올랐다. 무한복제 세상에 맞서려는 저항운동이 은밀히 번지고 있다는 사실을 내게 알려준 이는 바로 돼지털 콧수염이었다.

그는 '신자본주의'라는 말을 들어본 적이 있느냐고 내게 물어왔다. 나는 고개를 저어 그런 적이 없다고 했다. 돼지털 콧수염은 은밀한 눈빛이 되더니, '신자본주의'는 완전히 새로운 운동이라고 했다. 예전 시대의 사회 리더나 엘리트 계층이 날벼락처럼 닥친 무한복제 세상에 저항하는 모습과는 완연히 다른, 체제 전복 움직임이라는 것이었다.

세상에 두 부류의 불만이 존재함은 널리 알려진 사실이다. 그 하나는 비즈니스 컨설턴트나, 마케팅 전문가, 펀드

매니저, 혹은 기획사 프로듀서처럼 예전 CEO 못지않게 회사나 회사조직에 의존했던 리더들의 절망이었다. 이들은 CEO와 마찬가지로 무한복제 세상이 들어서며 자신의 일자리를 잃어버렸다. 이들 대다수는 무위도식자로 전락했으며, 그런 상황을 탈피해보려 이익집단을 꾸려 보수정당에 집단 가입함으로써, 그 어떤 반발을 시도하는 중이었다.

이와 조금 다른 집단적인 움직임도 있었다. 줄기세포 연구가나 의료기기 개발자, 인공지능 연구가, 로펌 변호사, 의사나 최고급 디자이너처럼 자신의 전문영역을 파고들어 드높은 정신노동에 의존해온 엘리트 계층이다. 나는 최근의 텔레비전 좌담회에서 지난 시절에 '엘리트'라고 불렸던 이들 전문가 집단이 여러 불만을 토로하는 모습을 본 기억이 있다. 그들은 자신의 최고급 정신노동이 청소부의 청소 노동이나 주차관리인의 주차 노동과 등가로 교환되는 현실을 개탄하고 있었다. 심지어 학교나 사회에서 '엘리트'라는 용어가 일종의 특수계급을 지칭하는 부적절한 용어라며 금기시되는 현실을 한탄했다.

그들이 원망하는 것은 보통사람의 종잡기 힘든 감정

변화였다. 밤낮을 가리지 않는 노력으로 거의 무형의 '엘리트' 칭호를 얻었는데, 이제 와서는 그 칭호가 누려서는 안 될 무슨 금빛 왕관이나 되는 양 비난한다는 것이다. 무한복제 시대에 들어서서 보통사람이 강조하는 것은 모든 이의 존중이다. 그런데 사람을 '엘리트'와 '대중'으로 구분하는 것 자체가 극심한 비하이며 모독이라는 것이다. 보통사람은 그 같은 용어에 상처를 입곤 한다. 어쩌면 그런 감정적 상처야말로 일반인의 높아진 자아존중의 결과일 것이다.

　나는 '엘리트' 집단이 쿠폰의 등가 교환을 역전시키려 애쓰는 현상을 이해한다. 그럼에도 물질자원의 어마어마한 격류 가운데에서, 쿠폰의 부등가 교환이 어떤 의미를 부여할지 의심스럽다. 혹여 청소 노동자가 쿠폰을 조금 덜 부여받고, 줄기세포 연구자가 더 많은 쿠폰을 부여받는다고 해서, 청소 노동자가 줄기세포 연구자의 대저택에 가서 집안 청소를 해줄지는 미지수다. 그것은 공공장소를 청소한다는 봉사활동에 깃들인 미덕이라곤 전혀 없는, 예전 시대의 하인이나 가사 도우미를 연상시키는 정황이기 때문이다.

그러던 어느 날 수염을 말끔히 면도한 로이가 내 앞에 나타났다. 그는 은회색 양복차림이었다. 자신이 몸단장을 한 이유가 내일 저녁에 열릴 비밀모임 때문이라고 넌지시 알렸다. 로이의 눈빛이나 은밀한 어조로 보아 내일의 모임이 보통의 모임이 아니라는 것을 직감할 수 있었다. 그는 만약 내가 동참한다면 모임의 의미가 한층 격상될 것 같다고 했다. 나는 생각에 잠겼다. 물론 이 세상이 다시 뒤집히기를 누구보다도 간절하게 희망해온 나였다. 모임에 참여한다면 잃어버린 세상에 대한 내 애정을 격정적으로 토로하고 싶기도 했다. 그럼에도 그 기계를 만드는 데 일조했던 '죄인'인 나 이산은 함부로 나서지 않는 게 저들에 대한 예의 같았다.

로이도 내 심정을 이해한다는 듯 나의 손을 어루만졌다. 그럼에도 기계와의 깊은 사연을 고려하자면, 나의 남다른 통찰력은 그 언젠가는 빛을 발할 거라고 했다. 로이의 주장은 일말의 진실을 담고 있었다. 그는 나더러 자기와 긴밀하게 소통하는 것이 어떠냐고 물었다. 자신은 나와 신자본주의 운동을 연결하는 가교역할에 충실하겠다는 것이었다. 그런 로이의 인간 관리방식은 나로서는 그다지 낯설지 않은 점조직 기법이었다. 그는 한때 윤활유 사업가였는지 모르지만, 지금은 저항운동에 열성이었으며, 그 내부에서 적지 않은 성과를 이루어낼 실력자 같았다. 대개의 유능한 인물에게서 느껴지는 신뢰와 아울러, 일종의 경계심이 이는 것이야 어쩔 도리가 없었으나, 로이가 자신의 아이디와 패스워드를 내게 건네주고 떠났을 때, 나는 이를 기꺼이 받아들었다.

나는 먼지가 켜켜이 쌓인 컴퓨터를 켜보았다. 채널을 조정한 뒤 로이의 비번을 입력하자 그가 알려준 모임이 떴다. 삼백 가까운 회원이 모인 은밀하고도 조용한 회합이었다. (같은 시각에 세계 곳곳에서 비슷한 회합이 일제히 열릴 예정이라고 했다.) 회원 대부분은 흰색 정장 차림이었는데, 놀라운 사실은 그들 모두가 무도회에서 착용하는 형형색색의 가면을 썼다는 점이다. 그들은 가벼운 눈인사만 주고받을 뿐 서로를 알려 하지 않았으며, 심지어는 악수조차 나누지 않았다. 그것은 회원끼리 누가 누구인지 알아챌 수 없도록 비밀을 유지하려는 의도였겠지만, 한때 세상에서 가장 잘 나갔던 최상층 인사들이 이제는 암흑가의 조직원처럼 스스로를 숨겨야 하는 현실이 가슴 시리게 했다.

둥그렇게 놓인 의자에 모든 회원이 착석했을 때, 모임의 사회자가 의사봉을 두드려 개회를 알렸다. 착석했던 회원들은 일제히 자리에서 일어났다. 사회자가 한 손을 치켜들며 모임의 서약을 낭송하자고 했다. "하나, 우리 신자본주의자는 기계에 의존하지 않고, 그 어떤 고난이나 역경이라도 기꺼이 받아들인다." 그 자리의 회원들이 일제히 같은 내용을 암송했다. (그렇지. 역경을 두려워해서는 안 되지.) "하나, 우리 신자본주의자는 경쟁에 몰입하고, 오직 소수만이 성취를 이루어내는 현실을 기꺼이 받아들인다." (그것도 맞다.) "하나, 경쟁 패배자는 그 결과를 달갑게 수용하여, 승리자의 지시와 명령에 철저히 복종한다." (그래, 저들과 싸워 이기려면, 조직적인 대항이 필수니까……) "하나, 우리 신자본주의자들은 신문명과 신기술 개발에 앞장서서 무위도식 세상을 전복하고, 신자본주의 세상을 창조한다." (이건 지나치게 원론적이지 않은가?) 리더의 낭송과 그에 이어지는 회원들의 암송이 끝나자 모두 자리에 앉았다.

이어서 토론의 장이 열렸다. 의견이 있는 사람이 손을 내밀고 자신의 속내를 발표하는 방식이었다. 서약을 낭송할 때 회원들은 기계로부터 자유로워야 한다는 데 의견 일치를 보였던 것이 확실했다. 그런데 그 방법에 있어서는 입장이 서로 달랐다. 누구는 기계를 전혀 이용하지 말자고 했다. 그 경우에야 비로소 정신무장이 철저해지며, 경쟁하는 태세도 완벽해질 거라는 것이었다. 이에 대한 반론도 만만치 않았다. 그렇다면 어떻게 먹을거리를 구하느냐? 세상에서 단 한 사람도 농사를 짓지 않는 마당에, 우리더러 직접 농사를 지으란 말인가? 그럴 바에야 백화점의 지하 정도로 이용범위를 제한하고, 그 이외의 시간은 정해진 경쟁에 몰입하는 것이 맞지 않겠느냐는 것이었다. 그러자 이에 반대하는 측이 기계를 이용하며 어떻게 무한 복제 세상을 뒤엎겠느냐고 다시 반박했다. 이어서 반복적이고 지루한 설전이 이어졌다. 누군가는 아예 티베트나 시베리아 같은 외진 지역으로 집단 이주하는 것이 어떻겠냐는 의견을 내놓았다. 시베리아에다가 장벽을 쌓고 기계가 침투할 틈을 허락하지 말자, 그래야 고립된 공간에서 신자본주의 국가를 세우고, 우리만의 새로운 문명을 창조할 수 있지 않겠느냐는 것이었다.

열띤 논쟁이 끝없이 이어졌다. 찬성하는 편이나 반대하는 편 모두가 필사적으로 자기주장을 펼쳤다. 처음에는 언쟁에 주의를 잔뜩 기울였으나 나중에는 넌더리가 날 지경이었다. 수백 명의 가면 쓴 인간들이 서로를 비난하거나, 손가락질하고, 아우성치는 모습은 무슨 공포영화의 한 장면과도 같았다.

말다툼들이 점점 극한으로 치닫던 순간, 내 머릿속에서, 이 모든 언쟁이 허망하지 않나, 하는 절망감이 맴돌았다. 실제로 저들은 예전의 레닌이나 체 게바라처럼 산악 게릴라훈련이나 지하활동으로 다져진 혁명가가 아니었다. 대다수가 좋은 집안에서 대접받고 자라서 리더로 커온 인물들임에 틀림없었다. 그런 그들이 독립국가의 기강을 세울 수 있을까? 군대 이상의 엄격한 규율을 만들어낼 수 있을까? 아니, 설령 그런 규율을 만들어 낸다 하더라도, 그 규율에 복종할까? 그럴 것 같지 않았다. 그것은 내가 로이와의 사상투쟁에서 패배한다 치더라도, 결코 그에게 굴복하고픈 마음이 안 생길 것과도 마찬가지 이유에서였다. 더욱이 중요한 점은 저들 신자본주의 무리는 현재 무한복제 세상에 완벽하게 포위당해 있다는 사실이었다. 자기들끼리 경쟁을 벌인다 하더라도 승리자에게 굴종하기보다는 무한복제 세상으로 도피해버리면 그만이었다. 아주 편안한 삶이 그들을 기다리고 있었다. 패배를 감수한다거나 리더에게 복종한다는 서약에도 불구하고, 경쟁의 패배자는 절대로 그 서약을 지킬 것 같지 않았다.

말싸움은 세 시간, 네 시간 넘게 이어지고 있었다. 나는 처음에는 저들에게 이 사회에서 고갈되어버린 애정을 쏟아보려 애썼다. 그러나 그 자그마한 애정이 점차 식어가기 시작했고, 어느 순간엔가는 냉소적인 감정으로 바뀌었다. 이 모든 언쟁이 '인간의 의지'라는 대리석 돛대, 그 어떤 비바람과 파도가 몰아쳐도 절대 부러지지 않을, 순전한 상상의 돛대에 의지하고 있는, '의지주의'에 불과하다는 절망감이 나를 사로잡고 말았다.

자본주의는 자연스러움이 생명이었다. 말 그대로 푸줏간 주인이건, 빵집 주인이건 자기 이익을 챙길 마음만 가진다면 자유롭게 거래하고, 생산하고, 소비하는 세상이었다. 그런데 세상이 뒤바뀌어 무한복제 세상이 도래하자 가면을 쓴 엘리트들이 모여 '자연스러움'과 상반되는 '의지주의'를 호소하고 있었다. 무한복제기계가 버젓이 있는데도 그 기계를 사용해서는 안 된다는 것은 의지주의였다. 무한복제기계를 피해서 티베트나 시베리아로 도피하고, 그곳에다가 담장을 쌓아서 기계의 침입을 막자는 것도 의지주의였다. 경쟁에 몰입해서 패배자가 나올 경우 무한복제 세상으로 피신하지 않고 승리자의 지시와 명령을 따르자는 것도 의지주의였다. 저들은 모임을 '신자본주의'라고 명명하고 있었지만, 그것은 역겨운 거짓 이름이었다. 차라리 '신의지주의'라고 바꾸는 것이 나을 것 같았다.

내가 이 모임의 패배를 예감하며 절망에 사로잡히던 어느 순간이었다. 사회자가 의사봉을 두드려 조용하자고 외쳤다. 가면들은 조금도 그치지 않고 제각각의 목소리로 떠들고 있었다. "제 이야기를 들어보세요, 제발! 제발!" 가면들 틈바구니에서 누군가가 가냘프면서도 간절한 어조로 호소하고 있었다. 가면들은 그 사람에게 그 어떤 주의도 기울이지 않았기에 사방이 소란스럽고 어수선할 뿐이었다. 그럼에도 사회자가 반복적으로 의사봉을 두드리자 잠시 뒤 분위기가 조용해졌다.

무언가를 이야기하려 했던 이는 공작 깃털 마스크를 쓴 하얀 피부의 사내였다. 그가 다소 어색해 보이는 미소를 짓더니 입을 열었다. "생각해 보세요. 자본주의가 얼마나 아름다웠는지를. 당시에는 인류의 평균수명이 80세를 넘겼지 않습니까. 의학이 발달하고 다시 발달하여 평균수명이 90세를 넘어가던 와중이었습니다." 공작 깃털은 잠시 머뭇거리더니 자신을 노려보는 주변의 마스크들을 둘러보며 이어나갔다. "무한복제 세상이 열리자 경쟁이 사라지게 되었어요. 그 어떤 노력도 사라져서, 이제는 보잘 것없는 의학 기술이 양산되고 있지요. 어쩌면 그 찬란했던 생명공학마저 머지않아 소멸할 것 같지 않나요? …… 그런데 이런 정황이 우리에게는 기회일까요, 불행일까요?"

공작 깃털이 잠시 말을 멈추었다. 그 주위에 기다란 코의 가면들이 다소 유약한 느낌이 드는 공작 깃털을 으스스한 시선으로 노려보고 있었다.

"만약 무한복제 세상에 페스트나 코로나 같은 전염병이라도 번진다면,"

공작 깃털이 다시 말을 멈추었다.

"세계 인구의 3분의 1쯤은 속절없이 죽어 나가지 않을까요?"

그 순간이었다. 예전에 생각해 본 적 없던 무언가가 뇌리를 때렸다. 페스트나 코로나를 누군가가 은밀하게 이 세계에 주입해 버리는 것이다. 그렇게만 된다면…….

300여 명에 이르는 마스크가 일제히 침묵 속으로 가라 앉았다. 그들 대부분이 나와 비슷한 생각에 사로잡힌 것만은 분명해 보였다. 그것은 진취적인 생각은 아니었다. 미래지향적인 발견도 아니었다. 유태인 600만을 학살한 히틀러를 능가할 으스스한 아이디어였지만, 이 무위도식 세상을 파국으로 몰아갈 계획인 것만은 틀림없었다.

입안이 바싹 마르더니 손에 땀이 고였다. 우리야 의학과 세균학 분야에 집중하여 인재 관리를 해나가는 거다. 우리의 기술은 철저하게 비밀로 해 놓은 채 말이지. 그래, 인류의 3분의 1이 죽어 나간다면, 그때에는 세상의 주도권이 바뀌지 않을까……?

공작 깃털은 그 이상은 이야기를 끌어내지 못했다. 그럼에도 그에게 반대하는 이는 아무도 없었다. 그가 던진 화두가 가면들의 머릿속에 심각한 음모의 씨앗을 뿌려놓은 것이었다. 그것이 너무나 무겁고 어려운 사안이었기에 지금 가면들은 고뇌에 빠져든 것이 분명하게 느껴졌다.

나는 컴퓨터의 화면을 꺼버렸다. 침실로 가 불을 끄고

누웠지만 공작 깃털이 암시한 전략의 충격 덕분에 잠을 이룰 수 없었다.

　나는 오랫동안 '진보'와 '지배 욕구'가 동일한 실체를 가리키는 서로 다른 언어의 조각이라고 믿어왔다. (채 교수의 생각과는 정반대로.) 진보는 늘 소수의 마음에서 비롯한다. 그 소수는 신기술이나 신문명을 창안하는 이인데, 그들의 내면에서, 세상에 대한 '변혁 욕구'라고 대개는 미화되곤 하는 '지배 욕구'가 꿈틀거린다. 거의 대부분의 경우 그 같은 지배 욕구는 문명적인 진보를 가져온다. 아주 예외적인 경우에 지배 욕구가 문명적 진보의 재갈로부터 풀려나 광란의 질주를 벌이기도 한다. 이를테면 히틀러의 아우슈비츠가 그러하다.

　공작 깃털이 내놓은 세균 살포 아이디어는 어떤가? 내가 덮고 있는 이불이 꿉꿉해지더니 가슴이 답답해졌다. 세상을 향한 건설적인 비전을 제시해야 한다는 기업가적 윤리에 비추어서, 그런 행위는 해서는 안 된다는 도덕률이 나를 압박해왔다. 그럼에도 나는 어쩔 도리 없는 복수심에 들끓고 있었다. 대다수의 가면들이 나와 비슷한 감정에 사로잡혀 있을 것이었다.

그 이튿날 나는 채 교수로부터 이메일을 받았다. 제네바의 본부에서 최근 들어 세계정부 구성을 논의하고 있다는 소식이었다. 모든 나라 사이에 빈부격차가 소멸되는 와중이기에, 세계정부를 만든다는 것은 조금도 불가능한 구상이 아니라는 것이었다. 채 교수는 나에 대한 애정은 예전과 변함이 없다며 제네바에 와서 자신과 함께 하지 않겠느냐고 했다.

세계정부라! 내 입장에서 그것은 진보가 아니라 퇴보였다. 모든 국가가 빈부격차 없이 평평해지는 상황이란 인류사에 반드시 필요한 국가 간 격차가 사라져버림을 의미했다. 그것은 앞서가는 국가 내부에서 진보가 멎고 그것을 향한 추동력도 사라져서 세상이 고인 늪으로 바뀌었을 때나 나타날 법한 상황이기도 했다.

국가 사이의 격차는 늘 있어 왔다. 아니 있어야 했다. 강한 국가는 더 강한 힘으로 사회발전을 추동해왔으며, 약한 국가는 강대국을 따라잡으려 안간힘을 썼다. 그것이 세계사의 발전 과정이었다.

그런데 세계정부라니? 밀고 당기며 진보를 거듭했던 인류의 발전사가 이제는 끝났다는 것인가? 그것은 그 어느

국가에서도 신기술의 발명이 시도되지 않은 나머지 마침 내 인류가 '문명의 종말'에 이르렀다는 선언 아니고 무엇 이겠는가? 나는 가슴에 전례 없는 통증을 느꼈다.

같은 날 오후 나는 다시 로이로부터도 전화 연락을 받 았다. 나는 곧바로 응답할 수 없었다. 그가 꺼낼 이야기가 어떤 것인지 이미 어렴풋하게 느꼈기 때문이다. 아마도 엊 저녁의 모임 이야기를 하겠지. 그러면서 모임의 말미에 있 었던 충격적인 '제안'에 관한 이야기를 꺼내리라.

나는 반복적으로 울려오는 벨소리를 그냥 듣기만 하 고 있었다. 성격이 급한 로이는 그 제안이야말로 세상에 대한 지배를 회복할 방법이라고 주장할 것이다. 그러나 그게 진실일까? 그게 예전의 기업가나 회사가 그래왔듯 이 앞선 문물을 세상에 선사할 선구자적 방법일까? 아니 면 진보와는 결별한 고삐 풀린 지배 욕구에 불과한 것일 까? 세계는 과연 어떻게 진보해 나가는 것일까? 예전에야 진보는 소수에 의해 주도되어 왔다. 그러나 이제는? 채 교 수의 주장처럼 진보는 아예 느껴지지 않을 정도의 느린 속도일망정 다수가 주도하는 것일까?

알 수 없는 일이었다. 다만, 한 가지 분명한 것은 어느

쪽도 불행에 빠진 지금의 나를 구원해 주지는 못하리라
는 예감, 그것이었다.

무심한 발걸음은 나를 백화점으로 인도했다. 하루의
먹을거리를 구하기 위해서였다. 매장 안에 들어섰을 때
늘 보아왔던 마티스 그림 아래의 문구가 바뀐 것을 깨
달았다.

'초개인주의' 세상이 왔습니다.
우리 하나하나가 진정한 주인인 시점에 이르렀습니다.
인류는 가장 자연스럽게도, 가장 완성된 세상을 맞이한 것입니다.

심장이 멎는 느낌이었다. '초개인주의' 라는 어휘는 회
오리처럼 내 영혼을 빨아들였다. 나는 정신을 잃을 지경
이었다. 그 단어는 '무한복제' 라는 말보다 깊은 뜻을 함
축하고 있었다. 우리 하나하나가 진정한 주인? 가장 자
연스럽게도? 무심결에 시선을 돌리자 엄마의 손에 이끌려
에스컬레이터로 향하는 어린 소녀가 보였다. 너댓 살 정도
되어 보이는 귀여운 소녀였다. 대량학살하려는 인류 가운

데 저 소녀가 포함될지도 몰랐다.

엘리베이터에 오르기 전 소녀는 뒤로 돌아서더니, 친근한 미소를 지으며 내게 손짓하고 있었다. 안녕, 나는 무심결에 그 소녀에게 손짓했다. 그 순간 생명의 기운이 육신으로부터 빠져나가는 느낌이었다. 더 이상 생각은 필요하지 않았다. 생각이 멎어버린 것이다. 무정한 내 발길은 방향을 바꾸었다. 엘리베이터로 다가가서 버튼을 누르자 위층에 머물던 엘리베이터가 내려오기 시작했다.

무심결에 웃옷의 호주머니에 손을 집어넣었다. 언젠가는 사용할 것 같아서 항상 품에 넣고 다녔던 칼의 감촉이 느껴졌다. 백화점 105층은 미켈란젤로의 거대한 천정화가 있는 곳이다. 그곳 엘리베이터에서 내려서 동쪽 로비로 향하는 순간 숨결이 조금씩 가빠진다. 이윽고 사방이 환해지더니 온 천정과 사방 벽에 새겨진 웅장한 거인들이 나를 맞이한다. 현실에서는 좀체 찾기 힘든 근육질의 인간들, 그들의 육중한 체구와 꿈틀거리는 근육은 그 누구도 쪼그라뜨릴 수 없는 영웅들의 자화상이다.

부러움이 깃든 내 시선은 미켈란젤로가 그려낸 거인들의 자태를 쓰다듬는다. 그들의 갈색 피부와 아름답게 뒤

틀린 허리, 손가락의 오묘한 움직임은 인간 영혼을 채우고 넘치는 힘의 구현이다. 어느새 세상이 바뀌었다. 거인들은 저 천정의 그림 속을 제외하고는 세상의 모든 자리로부터 쫓겨났다. 거인들이 비워놓은 자리에는 소인들의 와글와글한 잡담만이 웅성거릴 뿐이다. 거인이 되고자 애썼던 최후의 인류인 나는 이곳에 서서 저 영생하는 거인들을 바라보며 내 마지막 순간을 장식하려 한다. 나는 하얀 천을 걸친 창조주의 손과 맞닿아 있는 아담의 길게 뻗은 손가락에 시선을 던진다. 세상에서 가장 아름답게 구부러진 손가락의 모습을 바라보며 호주머니 속 날카로운 칼의 날을 매만져본다.

『무한복제기계』를 위한
가상 인터뷰

남한

객 : 첫 작품집을 냈던 때가 2008년이었던 것으로 기억합니다. 이번 무한복제기계를 내는 때가 2023년이니까, 무려 15년의 세월이 흘렀습니다. 과작의 작가 가운데에도 지나치게 과작입니다. 무명작가로 지내왔던 시간이 고달프지 않습니까?

주 : 고달프지 않다고 말한다면 거짓말이죠. 정말 고달프고 힘겹죠. 최근에 고흐가 주인공인 영화를 본 기억이 나네요. 배우 윌리엄 데포가 고흐로 나왔는데요. 자신은 시대를 잘못 태어난 화가 같다고 말하죠. 먼 미래의 사람들이나 자신의 작품을 이해할지 모른다고 고백해요. 그 고백은 제 마음에 서늘하게 와 닿았습니다. 제 첫 작품집은 세상으로부터 거의 외면당했습니다. 1쇄만 발행하고 절판되었으니까요. 그럼에도 그 작품집만큼이나 심혈을 기울였던

것도 없던 것 같습니다.

그리고 이제 15년이 지난 2023년에야 두 번째 작품을 써냈습니다. 어쩌면 이 작품도 세상의 외면을 받을지 모릅니다. 그런 가슴 아픈 예상을 하며 글을 쓰지 않을 수 없었습니다. 저도 고흐처럼 먼 미래의 독자들에게나 알려질 작가일지 모른다, 생각하며 글을 써야 했던 것입니다. 다만 약해지지 말자, 강해지자고 스스로를 독려했지요. 미래의 독자들, 세계 어느 나라의 독자들이건 쉽게 감정이입할 수 있도록 쓰자, 라는 고독하면서도 독한 마음이었습니다. 따지고 보면 그렇지 않습니까? 당대에 유명세를 떨쳐서 많이 읽힌 작가건, 무명작가로 살다가 세상을 떠난 애처로운 작가건, 운이 좋다면 후대에는 한두 편의 소설이나, 한두 편의 소설집으로 이름을 남기는 것이야 마찬가지 아닐까요?

객 : 세상의 세태와 부합하지 않는 독특한 성격을 보여주네요. 트렌드에 영합하지 못하는 겁니까? 의도적으로 영합하지 않는 겁니까?

주 : 트렌드에 영합하지 못하였죠. 이상하게도 트렌드가 별로 도움이 되지 않았어요. 제가 작가가 되어보려 애쓰던 1997년 무렵

이었던 걸로 기억합니다. 어느 유수의 출판사 편집장과 만나 대화할 기회가 있었습니다. 그 분은 저에게 "한국에서 작가로서 성공하려면 트렌디한 소설을 써야 한다, 무라카미 하루키의 글을 읽고 참조하는 것이 좋겠다." 라는 이야기를 해주었던 기억이 납니다.

저는 그 분의 이야기에 아찔한 이질감을 느끼고 말았습니다. 제가 글쓰기를 선택해온 이래로 가장 많은 도움을 얻었던 작가는 도스토옙스키나 톨스토이 같은 고전작가였거든요. 심지어는 소포클레스나 에우리피데스처럼 케케묵은 작가의 작품도 훌륭한 참조가 되었습니다. 저는 최근 작가의 작품보다는 고전소설에서 훨씬 많은 구상이나 인물 설정에 도움을 얻는 것 같아요. 그러다보니 결국 트렌드로부터 멀어졌고, 그것에 신경을 쓰지 않으면서 고전을 탐독하는 과정을 거치게 되었죠.

객 : 옛 소설에서 작품구상을 얻는다고요? 인물 설정도요?

주 : 그것은 진실입니다. 제가 가장 최근에 쓴 한 단편소설은 바로 2,400년 전에 소포클레스가 쓴 『오이디푸스』를 염두에 두고 구상한 것입니다.

오이디푸스는 신탁을 피해보려 헛된 노력을 벌이지요. 결국 신탁의 예언을 피할 길이 없어서 자신의 아버지를 살해하고, 어머니와 근친상간 관계를 맺고 맙니다. 비극의 원인이 신탁이라는 설정도 그렇고, 신탁을 피하려 벌이는 주인공의 온갖 발버둥 또한 현대사회에서는 전혀 통하지 않을 낡은 성격일지 모릅니다. 그럼에도 그 작품의 진정한 비극성은 오이디푸스의 내면에 도사리고 있다고 믿습니다.

사건이 후반부로 흐를수록 오이디푸스는 괴로워합니다. 자신이 아버지를 죽였다는 것과 어머니와 근친상간 관계라는 사실을 어렴풋이 느끼기 때문입니다. 그럼에도 오이디푸스는 예언자 티레시아스에게 모든 사실을 테베의 시민 앞에서 낱낱이 밝히도록 명령하는데요. 그런 그의 모습은 자신의 비극적인 운명을 느끼면서도, 이에 당당히 맞서겠다는 의지를 표명한 것입니다. 심지어는 자신의 의지의 결과가 비록 파멸일지라도 이를 기꺼이 수용하겠다는 뜻이지요.

최근에 썼던 제 단편소설은 오이디푸스적인 주인공을 묘사해 보려 애썼습니다. 제 글이 성공일지 실패일지는 모르겠습니다만, 아무튼 소포클레스가 무려 2,400년을 건너뛰어 한국의 어느 미천한 소설가에게 영향력을 행사한 셈입니다. 저는 오랜 시간 읽혀온 작품이 오랫동안 삭이고 끓인 국물처럼 영향가도 높고 맛도 좋다고 느낍니다.

객 : 그런 의미에서 작가 남한은 세상의 추세와는 꽤나 다른, 조금은 특이한 작품세계를 간직할 수밖에 없는 길을 택한 것 같네요. 그것이 외로운 길이기에 세상으로부터 이해받지 못하는 것일 수도 있습니다. 아무튼 지난 첫 작품집의 어디에선가 남한이 도스토옙스키의 전범을 따랐다는 내용을 본 기억이 납니다.

주 : 맞습니다. 저는 주류 문학과는 거리가 먼 외톨이로 살아온 느낌입니다. 그러나 뭐 어떻게 하겠습니까. 문학이란 원래 독창적인 세계를 구축해나가는 과정인데요. 고흐도 그렇고 카프카나 애드가 앨런 포 같은 고독한 예술가들도 다 그렇지 않았나요. 그런 생각을 하며 늘 스스로를 위로하고 지내야지요.

2008년 무렵이었을 겁니다. 어느 호프집에서 영향력이 제법 큰 어느 문학평론가와 언쟁을 벌였던 기억이 납니다. 그 분은 21세기에 들어서서 그 누구의 소설이 되었건, 더 이상 라스콜리니코프 같은 작중 인물은 등장할 수 없다고 말했습니다. 그런 주인공은 근대성의 산물이기에, 이제 그들의 시대가 끝났다는 것이었죠. 저는 그 분의 주장에 동의하기 힘들었습니다. 왜 라스콜리니코프 같은 주인공이 현대에 등장할 수 없느냐. 그건 사실이 아니다, 라며 취중에 언쟁을 벌였던 기억이 납니다.

생각해보면 라스콜리니코프를 둘러싼 사건 전개야 근대적인 것이 맞습니다. 요즘 세상에 누가 전당포 노파를 살해하겠습니까? 더구나 자신의 사상을 입증하기 위해서라니요? 그럼에도 제가 라스콜리니코프를 옹호한 까닭이 따로 있었던 것 같습니다. 고등학생 시절에 『죄와 벌』을 읽었을 때 놀라운 감동을 느꼈습니다. 그리고 그 이유를 생각해보면 바로 도스토옙스키의 인물 설정 때문이었던 것 같습니다.

라스콜리니코프는 세상의 핵심 문제를 떠안고 있습니다. 그가 고뇌하는 문제는 '세상의 질서와 도덕률을 뛰어넘는 초인이 존재할 수 있을까,' 라는 '초인사상'이지요. 라스콜리니코프는 이를 입증하기 위해 살인까지 저지릅니다. 살인을 저지르고 이를 헤쳐 나아가는 여정이 보통 작가가 도무지 쓰기 힘든 정교한 구성이며 내용인데요. 도스토옙스키는 이를 과감하게 해내고 있지요. 이 같은 주인공의 모습은 그의 또 다른 걸작 『카라마조프가의 형제들』에서 둘째 이반 카라마조프가 느끼고 체험하는 것과 비슷한데요. 제 요점은 이들 주인공들이 세상의 핵심 과제를 자신의 것으로 부둥켜안고, 선구자적으로 고뇌하며, 이를 실천해내는 인물이라는 사실입니다.

저는 이 소설을 읽으며 그 어느 시대나 마찬가지라는 판단을 내렸습니다. 소설의 주인공이 능동적이어야 합니다. 주체적이고 선구자적으로 세상의 핵심 고민을 껴안을 때, 가장 심오한 작품이 나온다는 것을 깨닫게 된 겁니다. 고대부터 현재까지 각 시대의 기쁨과 슬픔, 희열과 고뇌의 합을 다 더해보면, 각 시대의 희비극 총량은 비슷하다, 라는 이야기가 있지 않습니까. 21세기에는 세상의 모순이나 고통이 사라졌나요? 요즘에는 요즘의 고통이 있지 않습니까? 그 문제에 맞서고, 파헤치고, 끌고나가는 주인공이야말로 소설의 깊이를 던져주지 않을까요?

객 : 하지만 더 커다란 어려움이 있습니다. 도스토옙스키의 사례로 보면, 작가 본인의 삶 자체가 능동적이고 강렬해야, 그런 주인공을 형상화할 수 있다는 의미로 들리거든요. 만약 작가가 자기 시대의 고민을 선구자적으로 살지 못했다면, 어떻게 그런 주인공을 소설로 형상화할 수 있겠습니까?

주 : 바로 그렇습니다. 도스토옙스키 본인이 보통사람이 체험하기 힘든 극적인 사건의 주인공이었지요. 사건의 발단은 바로 도스토옙스키가 28세 때 어느 혁명조직에 가담했다가 체포된 것에서

비롯했습니다. 당시 러시아의 황제 니콜라이 1세는 조직 가담자 전원에게 사형 언도를 내렸죠. 사건은 형장에 끌려가서 총탄이 발사되기 직전에 특별사면이 내려지는 것으로 끝나, 도스토옙스키는 기적적으로 목숨을 구합니다. 그 충격적이었던 사건 직후 도스토옙스키는 시베리아로 끌려가서 그곳의 형무소에서 4년 동안 복역하게 되지요. 그리고 다시 4년을 사병으로 복무하며, 도합 8년을 글쓰기로부터 멀어진 채 보내야 했습니다.

도스토옙스키가 군복무까지 마치고 고향에 돌아왔을 때 예전과는 180도 다른 소설가가 되었죠. 그 이전 소설은 『가난한 사람들』로 대표되는 낭만적인 애정소설이었거든요. 이와 반대로 나이 40줄에 들어서서 쓰게 된 소설은 세상에서 가장 진지하고 묵직한 『죄와 벌』이나 『카라마조프가의 형제들』 같은 사상 소설이었습니다.

앞에서도 이야기했지만, 두 소설의 특징은 세상의 핵심 고뇌를 떠안은 주인공이거든요. 문제는 도스토옙스키가 그런 강렬한 주인공을 만들어낼 수 있던 까닭이 바로 자신의 체험에서 유래한다는 것입니다. 혁명조직에 가담해보았고, 사형 언도를 받았으며, 시베리아까지 끌려가서 유형생활을 해보았지요. 그런데 그 체험은 도스토옙스키가 사건의 피해자로서 겪은 것이 아니며, 주체적으로 선택했기에 겪어야 했던 것입니다. 따라서 도스토옙스키의 주인공은 피해자가 아닙니다. 늘 주체이자 선구자죠. 사건을 이끌어나가며 그 결과 파멸하거나 새로운 깨달음을 얻는 인물입니다.

객 : 아직 제 질문의 답변을 하신 것은 아닙니다. 세상의 그 누가 도스토옙스키처럼 살 수 있단 말입니까? 작가 남한이 그런 삶을 살았는지요? 더구나 요즘은 그 누구도 감옥살이 같은 것은 하지 않지 않습니까? 그런 의미에서 라스콜리니코프는 차라리 근대적인 주인공이 맞을 수도 있겠다는 느낌인데요?

주 : 사실 제가 왜 라스콜리니코프나 이반 카라마조프 같은 작중 인물에게 빠져들게 되었나를 고민해 본 적이 있습니다. 지난 대화에서 저의 초등학생 시절 경험을 말씀드린 기억이 나는데요. 어린 시절에 아버지가 대학에서 해직되는 체험을 했습니다. 그때 당시 저는 세상과 분리되는 느낌이었거든요. 박정희 정권 시절이었는데요. 제 집 앞에 경찰초소가 서서 경찰이 늘 아버지를 감시하였죠. 5.18 광주항쟁 때는 아버지가 체포되어 보안사령부에 끌려가기도 했습니다.
그런 환경에서 성장하며 세상이 잘못된 것인지, 아니면 아버지

가 잘못된 것인지가 제 고민이었습니다. 그 결과 비교적 어린 나이에 심각한 책을 탐독했고, 바로 도스토옙스키의 주인공에게 흠뻑 빠져들게 되죠. 그럼에도 아버지의 해직은 저로서는 주체적인 선택의 결과는 아니었고, 단지 객체로서 피해를 입었던 것일 뿐입니다. 제가 주체가 되어나가는 과정은 그 이후부터입니다. 이를테면 대학에 가서 학생운동에 가입하고, 그곳에서 평생 겪어보기 힘든 놀라운 체험을 했던 순간부터가 소설을 쓰기 위한 자양분을 이루었다고나 할까요.

객 : 알겠습니다. 그렇다면 학생운동의 체험부터가 작가가 되기 위한 '주체'로서의 체험의 시작이었다고 보이는데요. 그럼에도 한국의 소설가 다수는 운동의 체험을 '후일담 소설' 형태로 쓰게 됩니다. 그런데 남한의 소설은 후일담 소설과는 거리가 멀거든요. 좀 더 보편적인 지향을 가진다고나 할까요?

주 : 후일담 소설이요? 재미있는 이야기가 하나 있습니다. 예전에 운동권 동료끼리 서로 던지곤 했던 질문이지요. 바로 "네가 운동에 몸담게 된 계기가 무엇이냐?"라는 질문입니다. 그러면 대개의 동료는 다음 네 가지 중 하나를 꼽습니다. "첫째, 군사정권이 너무

사악하고 나쁜 짓을 많이 해서. 그들을 혼내주기 위해." "둘째, 한국의 핍박받는 가난한 사람들이 불쌍해서. 그들에 대한 연민 때문에." "셋째, 운동을 하는 친구나 선배들이 너무나 아름답고 훌륭해 보여서. 이들과 함께 하고 싶어서." "넷째, 운동이 제시하는 세계관에 감동해서. 그 세계관이 제시하는 삶을 살고 싶어서."

이 네 가지 케이스 가운데 첫째는 '복수심,' 둘째는 '약자에 대한 연민,' 셋째는 '아름다운 연대'라는 정서적 배경을 기반으로 삼고 있습니다. 반면에 네 번째는 탐구자적 성격이랄까요? 알고자 하는 욕구에 기반하고 있습니다. 네 가지 가운데 첫째부터 셋째까지의 경우는 그 어떤 정서에 기초해서 운동에 참여했으며, 감정적인 격렬함을 품고 감옥이나 데모 체험을 한 경우입니다. 그들은 운동이 끝난 뒤 자신이 겪었던 일을 글로 남기고픈 강한 욕망을 갖게 마련이지요. 그 경우가 후일담 소설을 쓰게 되는 심리가 아닐까 생각합니다.

저는 네 번째 경우였어요. 학생운동이란 저에게는 '어떤 세계관이 타당한가,' 라는 문제였거든요. 아까 아버지의 이야기를 했습니다만, 아버지의 세계가 옳은가, 아니면 군사정권의 세계가 옳은가가 제 고민이었습니다. 저는 무언가가 잘못되어 보이는 세상을 올바로 이해하고, 문제의 해결책을 찾고 싶어서 철학과에 입학했던 것인데요. 그곳에 와보니 저와 비슷한 동기를 가지고 입학한 동료가 여럿 있었던 거예요. 그들과 만나서 이야기하고, 그들의 고민을 듣고, 그들과 논쟁을 벌였던 순간만큼 기뻤던 때가 없던 것 같습니다.

논쟁은 한두 시간 벌였던 것이 아닙니다. 밤새워서 언쟁하기 일쑤였지요. 그것도 며칠 밤을 연달아서요. 당시 우리의 논쟁은 처절할 정도로 심각했습니다. "가난한 사람은 사회적으로 더 문제가 많은 이들일까? 아니면 세상의 문제를 해결할 열쇠를 간직한 사람들일까?"라는 화두로 뜨겁게 싸웠던 기억이 생생합니다. "우리가 참여한 학생운동이 이타적인가? 아니면 이기적이고 권력 지향적인가?"라는 문제는 가슴에 불을 지르는 논쟁이었습니다. 수개월, 아니 수년 동안 이 문제를 가지고, 서로 싸우고, 껴안고, 울고 했던 기억이 아직까지도 가슴을 뜨겁게 해줍니다. "빈부격차의 원인이 사회구조에 있는가? 개인에게 있는가?"라는 문제 또한 격렬한 논쟁의 주제였지요. 여러 밤을 지새워 언쟁을 벌인 기억이 선연합니다.

생각해보세요. 비록 젊고 미숙했던 시절이었지만 우리가 벌인 논쟁이 얼마나 보편적이고 범세계적인 문제인가요? '빈부격차의 원인이 사회구조인가? 개인에게 있는가?'라는 화두로 루소가 『인간불평등의 기원』을 쓰지 않았습니까. '빈곤이 사회악일까? 아니면 세상의 문제를 해결할 열쇠일까?'라는 질문은 마르크스 이래로 루카치, 알튀세 같은 철학자들이 깊이 탐구했던 고민입니다. '운동이 지향하는 것이 이타주의냐? 아니면 권력이냐?'라는 문제는 인간 본성을 묻는 가장 심오한 질문이지 않을 수 없습니다. 이 문제에 대해서 니체와 마르크스는 완전히 상반된 답을 내놓을 겁니다.

학생운동은 끝났습니다. 운동이 끝난 뒤에 나오는 것이 후일담 소설입니다. 학생운동은 끝났습니다. 제 고민은 끝나지 않았습니다. 시작이었던 겁니다. 그 이후 저는 도서관을 드나들며 책을 읽었습니다. 제가 주로 읽었던 책은 격정적인 삶을 산 여러 사상가들의 책입니다. 제가 학생운동 시절에 토론했던 문제의 답을 구하지 못한다면, 제 삶은 의미를 잃을 것 같았습니다. 그리고 그 문제 하나하나에 대한 고뇌를 형상화한 것이 제 소설이라 할 수 있습니다. 따라서 제 글들은 후일담 소설이 전혀 아니며, 차라리 환상소설이나 지식소설의 형태를 띠고 있는데요. 그 주제는 세계관의 싸움을 담고 있다고나 할까요.

객 : 작가 남한이 『무한복제기계』를 쓰는데 소요된 시간이 10년이 넘은 것으로 알고 있습니다. 그토록 심혈을 기울여야 했던 이유가 조금은 이해가 됩니다.

주 : 실상 이 작품을 쓰는 데 도합 13년이 걸렸던 것 같습니다. 그런데 무엇이든지 복제해내는 무시무시한 기계를 고민해본 기간은 13년보다 훨씬 긴, 대략 30년 정도의 시간이 걸렸지 않나 싶습니다. 이 책에 담긴 제 고민의 출발점은 바로 대학시절이었으니까요.

대학교 2학년 무렵 서클에서 비밀스럽게 마르크스주의를 공부할 때였습니다. 정말 저를 괴롭힌 의문이 한 가지 있었습니다. 마르크스의 관점에 따를 경우 인류역사는 단계적으로 변화 발전해 왔지요. 모든 변화마다 기술적이고 경제적인 대변혁이 수반되어 왔는데요. 마르크스는 인간의 '의식'과 이를 둘러싼 '물질적 조건'의 관계에 있어서 물질적 변혁이 우선한다고 보았어요. 따라서 그 어떤 사회구조의 변화가 있더라도, 반드시 새로운 기술이 먼저 도입되고, 이에 따라서 경제구조가 바뀌게 되며, 궁극적으로 사람들의 의식까지 바뀌게 된다고 믿었습니다. 소위 마르크스는 '유물론자'였고, 저는 그의 유물론적 세계관에 흠뻑 빠져들었던 겁니다.

이를테면 원시공동체 사회에서 고대노예제 사회로 이전할 때에는 농업혁명이라는 기술 변화가 있었습니다. 중세 농경사회에서 근대 자본주의로 이전할 때에는 기계와 공장의 도입이라는 어마어마한 기술 변화가 있었죠. 따라서 자본주의에서 사회주의로 이전할 때에도 무언가 거대한 기술 변화가 있어야 했습니다. 그런데 마르크스의 『자본론』 어느 구절을 찾아보아도 그런 놀라운 기술의 변화에 대한 묘사가 없습니다. 그 대신 마르크스는 『공산당 선언』을 남겼죠. '노동자여 공산주의자 정당을 만들어라! 열심히 투쟁해 나가면 사회주의는 필연적으로 실현될 것이다!' 라는 주장 말입니다.

저는 이 부분이 너무나 이상하게 느껴졌습니다. 마르크스의 위대한 유물론이 『공산당 선언』에 이르러서 '의지주의'로 변질되지 않았나 싶었습니다. 그 어떤 과학적이고 기술적인 변화 없이 노동자의 의지와 투쟁만으로 사회주의 세상이 온다니요? 그럼에도 마르크스의 뒤를 따랐던 유수의 운동가들이 죄다 의지주의자로 변신하게 됩니다. 공장제도가 별로 많이 존재하지 않았던 러시아에서는 노동자 정당을 아예 포기해버립니다. 그 대신 혁명가들의 엘리트주의 조직인 '볼셰비키'만 있으면 사회주의가 가능하다는 새로운 의지주의가 등장합니다. 아예 농민뿐이었던 중국에서도 농민이 사회주의 사상으로 무장만 하면, 농업사회가 자본주의를 건너뛴 채 곧바로 사회주의로 이행할 수 있다는 또 다른 괴상한 '의지주의'가 출현합니다.

정말 이상했습니다. 너무나도 이상했습니다. 마치 음식을 먹다가 체했을 때처럼 무언가가 소화가 되지 않고 가슴을 틀어막는 느낌이었습니다. 나중에야 마르크스의 심정을 이해하게 되었습니다. 그는 세 번에 걸친 프랑스혁명 가운데 두 번째를 직접 보고 느꼈던 와중이었습니다. 광주항쟁처럼 민중이 총탄 앞에 쓰러지는 모습을 보며 얼마나 가슴이 답답했겠습니까. 그래서 하루빨리 세상이 바뀌어야겠다 싶어서 그 어떤 과학기술적인 변화 없이 사회주의가 오는 방법을 고안해냈던 것입니다.

아무튼 다소 성급하게도, 마르크스의 사상에 빈 구석이 남고 말았지요. 저는 마르크스가 상상해낼 수 없던 빈자리를 고민하게 되었습니다. 그리고서 구상해낸 것이 거대한 기계, 무시무시한 기계입니다. 그런 기계가 생겨나서, 그 기계에 기초한 사회의 종합적인 변화가 뒤따르는 것만이 마르크스가 기획해보지 못했던 세계의 변화라고 구상하게 된 것입니다.

객 : 이제 조금 이해가 되네요. 그런 오랜 고민을 거쳐서 무한복제기계가 착상된 거군요. 하지만 아까 제가 던진 질문에 대한 답은 부족하게 느껴집니다. 13년이라고 했던가요? 그 오랜 기간 고치고 다시 고치기를 반복했어야 했던 이유가 있나요?

주 : 그 어떤 재료의 투입 없이 데이터만 가지고 제품을 무한하

게 복제해내는 기계는 터무니없습니다. 소위 물리학에서 말하는 에너지보존 법칙에 위반하지요. 완전히 황당무계하고 공상적이라고밖에 할 수 없어요. 많은 환상소설, 공상과학소설처럼 말입니다. 반면에 이 글이 완전히 황당하지 않은 것은 사회의 거시적 변화를 바로 여러 층위에서 다루고 있기 때문일 겁니다.

사회구성체 이론에 따르자면 사회는 복합적인 층위를 이룹니다. 기술적 변화가 사회의 밑단을 이룹니다. 이를 둘러싸고 경제관계가 사회의 하부구조를 이루죠. 그리고 그 상단에 정치구조와 법률 체계, 이데올로기가 놓여 있습니다. 바로 그 복합적인 사회구조의 다층위적인 변화 양상을 묘사하기 위해 오랜 시간 고치고 다시고쳐야 했습니다.

조금 더 자세히 설명해보겠습니다. 이 소설은 대상을 무한하게복제해내는 신기술의 발명에서 시작합니다. 재료의 투입 없이도 물체의 분자구조까지 완벽하게 복제가 되지요. 그 결과 한정된 자원에서 다양한 물질자원이 무한하게 공급되는 상황이 옵니다. 그 기술의 등장은 경제구조의 변화를 야기하지 않을 수 없습니다. 자본주의의 근간 명제라고나 할 '한정된 자원'과 이를 놓고 벌이는 '인간의 무한경쟁'이 바뀔 수밖에 없으니까요. 즉 풍요로운 물자가 누구에게나 공급되자 모두가 풍요로운 세상이 오는 겁니다. 따라서 인간이 벌여왔던 생존을 위한 경쟁 자체가 무의미해지고, 물건에 대한 소유권도 의미를 잃고 말지요. 기계의 발명의 결과 자본주의가 전복되는 겁니다.

그것은 마르크스가 그의 『독일 이데올로기』에서 역설했던, 누구는 낚시하고, 누구는 책을 읽으며, 다른 누구는 토론을 벌이는 평화로운 세상일 겁니다. 그럼에도 소유권이 사라진 세상은 모두가 즐거울 수가 없습니다. 원래 부유했던 사람들은 비참해질 수밖에 없지요. 반대로 돈 때문에 허덕였던 이들이 행복해지는 겁니다. 말 그대로 세상이 뒤집히는 거죠. 그런데 이 소설이 경제 층위의 문제만을 다루는 것은 아닙니다. 가족제도의 문제도 함께 다루고 있습니다. 부가 무한하게 공급될 경우 장기적인 결속으로서 부부관계는 헐거워질 수밖에 없습니다. 가족이 해체되고 사람들은 개체로 존재할 수밖에 없는 겁니다. 그것은 한편에서는 자유이지만 동시에 불안이기도 합니다.

다른 한편에서는 세계경제가 균등하게 바뀌기에 국가 사이의 경제력 격차가 사라집니다. 국가 간 담장이 사라져서 세계정부가 등장할 수밖에 없는 겁니다. 그것은 과연 행복일까요, 아니면 새로운 문제의 시작일까요? 이런 거대한 변화의 다층위적 접근을 시도하느라, 오랜 시간 반복해서 고쳐 써야 했습니다. 그럼에도 독자에게는 조금이나마 실체감이 느껴지는 독서의 시간이 선사된 것은 아닐까 싶은데요.

객 : 좋은 소설은 재미있는 소설입니다. 그런데 재미있는 소설보다 더 어려운 것은 독자에게 감동을 주거나, 독자를 고민하게 만드는 소설 같습니다. 『무한복제기계』에서 올더스 헉슬리의 『멋진 신세계』가 언급되지요. 조지 웰스의 『타임머신』도 반복적으로 언급되고 있습니다. 아마도 작가 남한은 이들 소설에 깊은 영향을 받은 듯합니다. 이들과 『무한복제기계』는 어떤 면에서는 닮았는데요. 그 관계를 설명해주실 수 있는지요?

주 : 맞습니다. 제가 무한복제기계를 쓰며 반복해서 정독했던 글들이 바로 올더스 헉슬리의 『멋진 신세계』나, 조지 오웰의 『1984』, 그리고 조지 웰스의 『타임머신』입니다. 그 이유는 이 작품들이야말로 디스토피아 소설의 최고봉이라 할 수 있을 텐데요. 작가가 살았던 당대의 사회문제를 깊이 있게 다룰 뿐 아니라, 환상적인 전복 기법을 사용하여 독자에게 문제의식을 전달하고 있기 때문일 겁니다.

이를테면 조지 웰스의 『타임머신』은 80만 년 이후의 미래세계를 묘사하고 있는데요. 인류가 둘로 나뉘어 한 인류가 다른 인류를 사육하고 식인하고 있습니다. 이는 프롤레타리아와 부르주아로 양분된 당대의 영국사회의 공포를 그려내기 위해서였지요. 헉슬리의 『멋진 신세계』는 제목과 상반되게도, 전체주의의 공포를 주제로 삼고 있습니다. 모든 인간이 행복할 수 있도록 조정되어 있지만, 그 사회에서는 그 어떤 창의적인 인간이나, 고뇌하는 인간, 변화를 바라는 인간은 아예 허용되지 않지요. 완전히 정지된 세상의 공포라고나 할까요. 마지막으로 『1984』는 좀 더 직접적으로 전체주의의 공포를 다룹니다. 감시와 고문이 횡행하며, 진실을 허구로 바꿔버리는 스탈린식 전체주의를 묘사하고 있으니까요.

세 소설 모두 작가 각자가 놓였던 시대상황을 배경으로 삼고 있습니다. 특히 헉슬리나 오웰은 전체주의의 등장 가운데 자유주의의 미덕을 설파하는 내용을 주제로 삼고 있지요. 세계의 변화를 느끼고 고민했던 작가라면 전체주의 소련의 득세를 그 어떤 공포감을 가지고 응시하지 않을 수 없었을 테니까요.

제 글은 이들과는 정반대 입장에 놓인 것 같습니다. 말하자면 제가 살았던 사회 분위기가 두 작가가 충격을 느끼며 목도했던 것과는 상반되는 세상이었으니까요. 저는 사회주의 진영이 붕괴되고 신자유주의가 득세해버린 세상을 살고 있습니다. 저는 대학시절부터 마르크스주의에 심취했으며, 북유럽 방식의 사회민주주의에 깊은 호감을 간직한 채 살아왔습니다. 그런데 사회주의가 붕괴되자 미국과 유럽에서 사회적 약자를 보호하고 감싸주는 '큰 국가'가 급격하게 퇴조하게 되었습니다. 그 대신 개인 간, 국가 간 무한경쟁에 기초한 신자유주의가 득세한 거죠.

헉슬리와 오웰이 전체주의의 공포를 묘사하며 자유주의를 외쳤던 반면에 저는 신자유주의의 공포를 외치지 않을 수 없었습니다. 한번 생각해보세요. 최근 '자유'라는 단어가 반복적으로 언급되지 않습니까. 그런데 그 자유가 사회적 약자 입장에서 누리는 자유입니까? 이와 반대로 기업가나 자본가, 세계의 강대국 입장에서 누리는, 자본에 기초한 자유가 아닌지요? 그 논리의 배경에는 바로 국가 간 경쟁에서 경쟁력을 강화시켜야 나라가 발전한다는 자본 중심의 자유가 놓여 있습니다. 이제는 '요람에서 무덤까지'라는 약자 보호 이념이 퇴조하고, 사회적 약자들은 스스로를 지탱해줄 삶의 방향성마저 잃게 된 것이 아닐까 생각합니다.

'자유'라는 단어의 뜻이 헉슬리나 오웰이 이를 긍정적으로 바라보았던 시점으로부터 그 본질에서 변신한 것 같습니다. 제 글의 주인공은 무한복제기계를 만드는 데 성공한 기업가입니다. 그는 자신의 기계를 독점적으로 운영하여 세상을 지배하고 싶어 하지요. 그런데 그 기계의 무시무시한 속성 때문에 기계에 대한 지배권을 잃어버리게 됩니다. 그 결과 기계가 세계 곳곳으로 급속하게 전파되어 자본주의 세상이 몰락하고 새로운 세상이 오는 겁니다. 이 과정에서 '자유'에 대하여, '진보'에 대하여, '가족'과 남녀의 '사랑'에 대하여, 세계관의 일대 격돌이 벌어지게 되지요. 그 충돌 하나하나는 21세기 신자유주의 시대를 살고 있는 독자에게 고민거리를 안기기 위한 설정입니다.

제 컴퓨터의 디스크 안에는 온갖 소설 구상과 한 번 휘갈겨본 글들이 많이 있습니다. 그러나 그 무수한 글 가운데 세상에 내놓아서 의미를 던질 것만 추려서 내놓지요. 『무한복제기계』도 오랜 시일과 노고가 깃들인 작품입니다. 그럼에도 그 어떤 평가도 제게 주어지지 않을 수도 있습니다. 외면당하는 것이 운명일 수 있으니까요. 그럼에도 쓸 수밖에 없는 것 또한 운명 같습니다.

예옥 제7소설

무한복제기계

초판 1쇄 인쇄 | 2023년 11월 24일
초판 1쇄 발행 | 2023년 11월 29일

지은이 | 남한

펴낸곳 | 예옥
펴낸이 | 방준식
등록번호 | 제2021-000021호
주소 | 서울시 은평구 불광로 122-10, 3403동 1102호
전화 | 02) 325-4805
팩스 | 02) 325-4806
이메일 yeokpub@hanmail.net

ISBN 978-89-93241-93241-82-2   03810